Money, Power, Abyss

Band 5 – Female Lovestories by Casey Stone

Liebesroman von Casey Stone

AF216171

Warnung:
Dieser Roman enthält erotische Szenen zwischen Frauen. Sollten Sie sich daran stören oder nicht damit zurechtkommen, lesen Sie ab hier bitte nicht weiter.

Bibliografische Information der Deutschen Nationalbibliothek: Die Deutsche Nationalbibliothek verzeichnet diese Publikation in der Deutschen Nationalbibliografie; detaillierte bibliografische Daten sind im Internet über http://dnb.dnb.de abrufbar.

Impressum:
Casey-Stone.com
Dorfstraße 5
84106 Volkenschwand
http://www.casey-stone.com

Lektorat: Buchstabensalat & Wortzauber
Korrekturleserinnen: Sandra, Maria, Katja, Astrid,
Conny
Covergestaltung: Nadine Kapp, Booklover Verlag

Herstellung und Verlag: BoD – Books on Demand,
Norderstedt
ISBN: 9783744871921

Kurzbeschreibung:

Die taffe Anwältin und Mittdreißigerin Abby Crawford liebt ihren Job, der sie allerdings immer wieder nah am Abgrund stehen lässt.

Auch privat muss sie täglich ihre Stärke beweisen, bis ihre beste Freundin Jane sie mit der Erfüllung eines lang gehegten Wunsches überrascht. Dabei ahnt Abby nicht, welche Folgen das Ganze haben wird.

Geld und Macht setzen einen Strudel in Bewegung, dem sie zu entfliehen versucht. Wird sie diesem Sumpf entkommen können?

Widmung

Für Saskia

Du unterstützt mich nunmehr bei fast jedem Projekt, sagst immer offen und ehrlich deine Meinung und gibst mir sachliches, konstruktives Feedback. Dafür möchte ich dir einmal anders Danke sagen und dir die Story von Abby und Katie widmen.

DANKE!

Prolog

Normalerweise freuen wir uns, wenn es wieder Freitag ist. Die ganze Woche haben wir auf diesen Tag hingearbeitet. Der Feierabend rückt in greifbare Nähe, das Wochenende ist in Sicht. Die meisten von uns können ausschlafen, wilde Partys feiern oder einfach nichts tun. Ich würde letzteres bevorzugen, um endlich einmal abschalten zu können. Stattdessen sitze ich auf einem harten Stuhl, höre mir den ellenlangen Vortrag des gegnerischen Anwalts an und ahne bereits, wie hoch der Papierstapel in meinem Büro sein wird, wenn ich zurück bin. Allein diese Tatsache stresst mich. Ich bin urlaubsreif, brauche eine Auszeit und würde gerne verreisen.

»Ms. Crawford, sind Sie damit einverstanden?«, reißt mich der Kollege der Gegenseite aus meinen Gedanken. Was hat er verdammt noch mal gerade gesagt?

»Ähm, ich bin mir nicht sicher. Könnte ich kurz ...?«, frage ich den Richter und zeige auf die große Tür des Gerichtssaals hinter mir.

»Bitte, Ms. Crawford. Die Verhandlung ist für zehn Minuten unterbrochen.« Zügig gehe ich hinaus, direkt zu den Toiletten. Heute ist einfach nicht mein Tag, mal wieder.

»Abby, was ist los mit dir? Wo bist du mit deinen Gedanken?«, möchte meine Assistentin Donna wissen, nachdem sie sich neben mir ans Waschbecken gestellt hat. Der Blick, den sie mir über den Spiegel zuwirft, könnte nicht deutlicher sein.

»Ich weiß es nicht. Verrate mir lieber, was Mr. Bates Anwalt von mir wollte«, erwidere ich genervt.

»Er hat einen neuen Vergleich vorgeschlagen. Mrs. Bates bekommt das Haus, den Porsche, fünf Millionen Dollar Entschädigung und die Wochenendvilla in Santa Barbara. Mr. Bates behält dafür die Hunde, das Anwesen in Vegas, die Yacht und führt die Firma allein weiter.« Meine zweite Scheidungsverhandlung in dieser Woche. Die erste verlor ich und dieses Ergebnis war der erste schwarze Fleck in meiner bisher blitzblanken Statistik. Noch nie zuvor hatte ich einen Fall verloren und jetzt droht sich an, die Niederlage von vor ein paar Tagen zu wiederholen.

»Abgelehnt«, stoße ich genervt aus.

»Wieso denn das? Er hat sein Angebot deutlich erhöht und unsere Klientin wirkte so, als könnte sie mit dieser Lösung leben.«

»Nein, Donna!«, fauche ich sie an. »Das Haus ist zehnmal weniger wert, als das Anwesen in Vegas. Die Wochenendvilla renovierungsbedürftig und für die Yacht kann er sich 20 neue Autos oder noch mehr kaufen. Außerdem kümmert er sich nicht angemessen um die Hunde. Mrs. Bates hat genauso viel in diese Ehe investiert wie er. Findest du es gerecht, sie mit einem Bruchteil von allem abzuspeisen?« Stotternd versucht sich meine Assistentin zu erklären. Ich hätte sie nicht mit hierher-nehmen sollen. Andererseits hat sie aufgepasst und ich nicht. Diese Verhandlung bringt mich an meine Grenzen. Vergleiche hin oder her, dieser miese Mistkerl hat seine Frau geschlagen, nicht nur einmal. Jetzt will er sich vor Gericht aus der Sache heraus-kaufen, damit sie den Mund hält und er weiterhin der saubere Geschäftsmann ist, der sich durch die Weltge-schichte vögelt. Männer wie Mr. Bates glauben daran, sich mit Geld alles leisten zu können, doch er irrt sich. Nicht mit mir!

»Vielleicht solltest du unsere Klientin entschei-den lassen, Abby«, schlägt Donna vor.

»Aufgeben ist keine Option«, sage ich deutlich. »Ich werde meinen letzten Trumpf nutzen und dann sehen wir weiter.« Meine Assistentin weiß, was jetzt kommt. Sie reicht mir bereits einen Haargummi, damit ich meine blonde Mähne zu einem Pferde-schwanz zusammenbinden kann. Ein Ritual, welches ich immer pflege, wenn ich mit dem Verlauf einer Verhandlung unzufrieden bin. Grundsätzlich liebe ich es, meine Haare offen zu tragen, nur sind sie manchmal im Weg, sobald die Diskussionen hitziger werden. Und genau das wird jetzt gleich eintreten.

Abby Crawford | City Hall, Los Angeles

Auf dem Weg zurück zum Gerichtssaal hole ich tief Luft. In einer Hinsicht wäre es leicht: dem Vergleich zustimmen und Feierabend machen. Doch dann würde ich gegen meine eigenen Prinzipien verstoßen und Gefahr laufen, mit einem Unentschieden dieses Gebäude zu verlassen. Meine Klientin hat mir anvertraut, welche Torturen sie erleiden musste, und damit kann ich mich nicht arrangieren.

»Ms. Crawford, dürfte ich Sie kurz sprechen?«, fragt meine Klientin, die gerade den Saal verlässt.

»Unbedingt, Mrs. Bates«, antworte ich. Sie sieht eingeschüchtert aus, als würde sie alles akzeptieren, nur um endlich einen Schlussstrich unter diese Ehe ziehen zu können.

»Ich halte den Vergleich für angemessen«, fängt sie an, womit ich allerdings schon rechnete.

»Ihr Mann bekommt die Firma mit einer Gewinnbilanzierung von 25 Millionen Dollar – pro Jahr, die Sie genauso mit aufgebaut haben. Er schippert über den Pazifik, während Sie nur das bekommen, was er sowieso abstoßen würde.«

»Richard wird nicht nachgeben. Er bessert seine Angebote immer nur einmal nach, danach sinken die Chancen, einen fairen Deal zu bekommen, auf null«, versichert mir Mrs. Bates.

»Seine Frau zu schlagen ist also ein fairer Deal?«

»Abby, bitte! Ich habe Ihnen diese Dinge im Vertrauen erzählt und bitte Sie, dieses Thema nicht anzusprechen.«

»Sie sind sich aber im Klaren darüber, dass Sie mit diesem Abschluss auch an sämtlichen angefallenen Kosten beteiligt werden?«, hinterfrage ich skeptisch. Sie nickt mir stumm zu. Es wird ein Unentschieden, ob ich will oder nicht. Grundregel Nummer eins in unserer Kanzlei: Entscheide niemals gegen das Interesse deines Klienten. Ich lege meine Hände auf die Schultern meiner Mandantin und schaue ihr tief in die Augen.

»Irgendetwas müssen wir herausholen, so darf er nicht davonkommen«, sage ich. Mrs. Bates senkt ihren Blick. Mir ist klar, was sie sich am meistens wünscht, und wenigstens das will ich noch für sie erreichen. Zusammen mit ihr und Donna kehre ich in den Saal zurück.

»Die Verhandlung wird fortgesetzt, bitte setzen Sie sich«, verkündet der Gerichtssprecher. Ich bemerke, dass sowohl der Richter als auch der Anwalt der Gegenseite mich beobachten.

»Was sagen Sie zu unserem Vorschlag, Kollegin Crawford?«, schallt es fragend zu mir rüber. Ich richte meinen Blick auf Mrs. Bates, die sich nach meiner Auffassung nicht wohlfühlt. Dieses Theater dauert schon viel zu lange.

Rasch erhebe ich mich, nehme meine Aufzeichnungen in die Hand und fange an. »Vorsitzender Richter Bloomberg, Mr. Thorn, meine Mandantin hat in Bates Industries die gleiche Leidenschaft und ebenso viel Geld investiert, wie Mr. Bates. Nach einer regulären Gütertrennung, die die Gegenseite bisher strikt ablehnt, würden ihr 50 Prozent von allem zustehen, was für uns weitere Verhandlungen bedeutet. Um diese Scheidung zu einem gütlichen Ende zu bringen, akzeptiert meine Mandantin die Summe von fünf Millionen Dollar, das Haus in Malibu, den Wagen und die Wochenendvilla. Dazu fordern wir eine komplette Sanierung des baufälligen Objektes in Santa Barbara. Außerdem hat Mrs. Bates die Hunde, Harvey und Hercules als Welpen mit in diesen Ehebund gebracht. Ich beantrage deshalb, die Tiere meiner Klientin zu übergeben und ihr das alleinige Sorgerecht zu übertragen. L.A. verfügt im Gegensatz zu Las Vegas über viele Meilen Strand und weil meine Mandantin Bates Industries verlässt, hat sie genügend Zeit, sich um die Hunde zu kümmern«, fordere ich und richte meinen Blick auf den Frauenschläger zu meiner Linken. Er wirkt überrascht, was mich innerlich erfreut. Sollte er diese Anpassungen der Bedingungen ablehnen, muss ich das erste Mal gegen unseren Grundsatz verstoßen, denn mir reicht es.

»Mr. Thorn, sollen wir die Verhandlung kurz unterbrechen, damit Sie sich mit Ihrem Mandanten beraten können?«, erkundigt sich Richter Bloomberg bei der Gegenseite. Die stimmt zu, woraufhin wir erneut eine Pause bekommen.

»Er wird es ablehnen«, schnauft Mrs. Bates.

»Keine Sorge, das wird er nicht. Wenn der Richter Harvey und Hercules wirklich in die Wüste schickt, muss ich seinen gesunden Menschenverstand anzweifeln. Er hat selbst drei oder vier Hunde. Warten wir einfach ab«, bemühe ich mich, meine Klientin zu beruhigen. Vielleicht bin ich mit meinen Forderungen über ihre Erwartungen hinausgeschossen, doch es sollte im Rahmen des Machbaren sein.

Minutenlang kümmere ich mich um eine angespannte Mrs. Bates. Mit jedem neuen Gerichtstermin wurde es für sie immer schwerer, das alles zu ertragen. Sie muss Schlimmes erlebt haben, wovon ich vermutlich nicht einmal etwas weiß. Würde sie mir mehr freie Hand geben, könnte ich bis aufs Letzte für sie kämpfen.

Als Mr. Bates mit seinem Anwalt den Saal betritt, kann es weitergehen.

»Wie haben Sie sich entschieden?«, fragt der Richter die Gegenseite.

»Wir akzeptieren die Nachforderung von Ms. Crawford, die kleine Villa in Santa Barbara zu sanieren. Die Hunde Harvey und Hercules wird mein Mandant nicht herausgeben. Grund sind die angefallenen Kosten für Tierarzt und Verpflegung, die seinerseits getragen wurden, sowie die persönliche Bindung zu den Tieren«, lauten die Worte, die meine Mandantin in Tränen ausbrechen lassen.

»Kümmere dich um sie«, fordere ich Donna auf und trete hinter meinem Tisch hervor, um direkt auf die andere Seite zu gehen.

»Sie sollten sich für Ihr Verhalten schämen, Sie feiger Frauenschläger«, flüstere ich Mr. Bates zu. Hinter mir schlägt Richter Bloomberg mit seinem Holzhammer mehrmals auf den Tisch.

»Ms. Crawford, kehren Sie unverzüglich an Ihren Platz zurück«, fordert er mich auf. Wütend wende ich meinen Blick von dieser miesen Ratte ab. Die Hunde bedeuten ihm nichts und wenn Mrs. Bates sich nicht um sie kümmern kann, ist es ganz normal, dass sie auch die Kosten nicht übernehmen kann.

»Tut mir leid, Euer Ehren. Ich bin mir sicher, wir werden für die entstandenen Kosten eine Lösung finden, schließlich geht es um ein paar Dollar, die kaum der Rede wert sind, sofern man den Rest drumherum beachtet.«

»Danke für Ihre Worte, Ms. Crawford, aber die Entscheidung liegt bei mir. Gibt es noch Anträge oder dergleichen?« Ich schüttle den Kopf. Alles, was ich für meine Klientin wollte, ist dem Gericht bekannt. Nachdem ich neben Mrs. Bates Platz genommen habe, schaue ich ein letztes Mal nach links.

»Wir werden ihn drankriegen«, sage ich leise.

Richter Bloomberg unterbricht die Verhandlung zur Urteilsfindung und ich gehe davon aus, dass wir zum Mittagessen den Saal verlassen dürfen. Stattdessen sagt man uns, wir mögen sitzen bleiben. Überraschend ist der Vorsitzende nach wenigen Minuten wieder da.

»Nehmen Sie Platz«, bittet er uns. Da sich beide Seiten bereits geeinigt haben, geht es nur noch um die zusätzlichen Forderungen, die ich mit angebracht habe. Geht es schief, sitze ich heute Nachmittag beim Boss und darf meine Entscheidungen rechtfertigen, worauf ich keine Lust habe.

»Mr. und Mrs. Bates, bitte erheben Sie sich zur Urteilsverkündung.« Donna und ich stehen ebenfalls auf, um unsere Mandantin zu stützen. Sie ist aufgelöst, fertig und will die Sache nur noch hinter sich bringen.

»Mrs. Bates: Sie haben sich entschieden, diesen Ehebund mit weniger zu verlassen, als Ihnen zusteht. Mr. Bates: Ich kann Ihre Begründung gegen die Herausgabe der Hunde, Harvey und Hercules, nicht nachvollziehen. Deshalb ergeht folgendes Urteil: Sie leisten die vereinbarte Zahlung in Höhe von fünf Millionen Dollar an Mrs. Bates. Sie erhält den Sportwagen, Marke Porsche Cayenne GTS, das Haus in Malibu und die Wochenendvilla in Santa Barbara, deren komplette Sanierung Sie unverzüglich in Auftrag geben. Außerdem verfüge ich darüber, dass Ihre Frau das alleinige Sorgerecht für die beiden Hunde erhält, die allein aus zeitlichen Gründen bei ihr besser aufgehoben sind. Die Tiere sollten innerhalb einer Woche von Ihrem Rechtsanwalt an die Rechtsvertreterin der Gegenseite übergeben werden. Wenn die genannten Punkte erfüllt sind, erkläre ich diesen Ehebund für annulliert. Mrs. Bates: Das Gericht wird Ihnen innerhalb des nächsten Monats unangekündigt einen Gutachter nach Hause schicken, der sich die Haltungsbedingungen von Harvey und Hercules genauer ansehen wird. Mr. Bates: Sie tragen die Kosten des Verfahrens, inklusive der Auslagen Ihrer Frau. Das Urteil ist rechtskräftig, Ihre Anwälte werden Sie über die Einzelheiten informieren. Die Verhandlung ist damit geschlossen.« Drei Hammerschläge und der ganze Spuck ist endlich vorbei. Meine Klientin lächelt, die Gegenseite guckt etwas angepisst und meine Mission ist erfüllt.

»Ich weiß nicht, was ich sagen soll. Danke, Ms. Crawford.«

»Sehr gerne, Mrs. Bates. Sie haben es geschafft, ab heute wird Ihr Leben wieder besser werden.«

Auf dem Weg nach draußen schließe ich mich mit dem Kollegen Thorn kurz. Er wird uns mitteilen, ob und wann Mr. Bates in seinem gekränkten Stolz die Hunde herausgeben wird.

»Ich rufe Sie an, sobald ich Neuigkeiten habe«, verabschiede ich meine Mandantin. Die will nur noch weg und ihrem zukünftigem Ex-Mann nicht mehr über den Weg laufen. Für mich völlig verständlich, ich habe danach genauso wenig Bedürfnis.

»Soll ich fahren?«, erkundigt sich Donna, als wir den Parkplatz erreicht haben, auf dem mein Wagen steht.

»Die drei Blocks schaffe ich noch«, entgegne ich.

»Eines Tages wirst du mir schon deinen heißen Hengst anvertrauen, Abby.«

»Ja, wenn ich völlig betrunken bin und nicht mehr laufen kann. Los, steig endlich ein, im Büro wartet noch eine Menge Arbeit auf uns«, treibe ich Donna an, die lächelnd meinen Ford Mustang streichelt.

Kurz vor Feierabend hat sich der angehäufte Papierberg auf meinem Schreibtisch nicht wirklich verkleinert. Donna hat mir zwar geholfen, jedoch kamen immer wieder neue Akten hinzu.

»Brauchst du mich noch?«, fragt meine Assistentin, als sie den Kopf ins Büro steckt.

»Nein, mach Schluss für heute.«

»Okay. Unternimmst du was am Wochenende?«

»Ich werde mein Haus nicht verlassen, am Pool herumliegen und die Sonne genießen«, sage ich mit dem Gedanken, einfach mal abzuschalten.

»Langweilig«, schnauft Donna. »Dann mach dir ein schönes Wochenende, Abby, bis Montag.«

»Dir auch, danke.« So wie ich sie kenne, wird sie geradewegs nach Hause fahren, sich umziehen und in den nächsten Club gehen. Donna ist zehn Jahre jünger als ich und lebt mit Mitte 20 ihr Partyleben in vollen Zügen aus. Mir wäre das nach so einer Woche zu anstrengend.

»Abby? Kommst du noch kurz zu mir?«, höre ich meinen Boss Mike rufen. Verdammt, was will er jetzt noch so kurz vor dem Wochenende von mir? Mit Notizblock und Stift gehe ich rüber, in der Annahme, dass es heute Überstunden geben wird.

»Setz dich. Möchtest du einen Kaffee?«

»Gerne«, erwidere ich.

»Erzähl mir, wie es heute im Bates Fall lief. War Richter Bloomberg gut gelaunt?«

»Wenn man das Urteil genauer betrachtet, scheint er in guter Stimmung gewesen zu sein. Mrs. Bates hat den Vergleich angenommen und ich konnte noch etwas mehr herausschlagen«, berichte ich meinem Vorgesetzten.

»Lass mich raten, du hast das Sorgerecht für die Hunde gefordert und bekommen?« Ich nicke seine Frage mit einem zufriedenen Lächeln ab.

»Eigentlich hätten wir mehr rausholen können, aber sie hat Angst vor ihm. Und du hast mich Regel eins gelehrt, über die ich mich heute schon hinweggesetzt habe.«

»Und das ist auch gut so, Abby. Du hast einen tollen Job gemacht; wie immer«, lobt mich Mike. In aller Kürze erzähle ich ihm die Details zu der Verhandlung. Zum einen will ich endlich Feierabend machen und zum anderen muss er wissen, an wen er die Rechnung stellen soll.

»Sehr gut, das leiten wir doch sehr gern in die Wege. Ich hätte noch eine Sache, die ich mit dir besprechen möchte: dein letzter Urlaub.« *Oh Mann, jetzt kommt es!*

»Der ist lange her«, gebe ich leise zu.

»Und genau darum geht es, Abby. Du arbeitest zu viel und zu lange. Tracey macht sich Sorgen und ich ehrlich gesagt auch.«

»Was hat unsere Personalerin mit meinem Urlaub zu tun, außer ihn im System zu erfassen?«, hinterfrage ich.

»Mich davon in Kenntnis zu setzen, dass sich auf deinem Mitarbeiterkonto noch 20 Tage vom letzten Jahr befinden. In diesem hast du noch nicht einen genommen und es ist bereits zur Hälfte rum. Du weißt, dass ich dich als Mensch und Anwältin sehr schätze, Abby. Und ich weiß auch, wie wahnsinnig dich dieser verlorene Haines-Fall macht. Deshalb folgender Vorschlag: Du übergibst am Montag alle noch offenen Fälle an Donna. Sie wird sie nach Prioritäten sortieren und an die Kollegen umverteilen.«

»Du willst mich in den Zwangsurlaub schicken?«

»Ja, weil du ihn dringend brauchst. Du solltest deine Akkus wiederaufladen. Verreise ein paar Tage, leg dich an den Strand oder tu was immer dir Entspannung verschafft.«

»Aber der Bates-Fall ist noch nicht abgeschlossen«, wende ich ein.

»Wenn sich die Gegenseite meldet, kannst du die Übergabe der Hunde übernehmen.« Ich bin urlaubsreif, erst recht, wenn es meinem Boss auffällt. Zähneknirschend stimme ich mit dem Wissen, wie viel Arbeit noch in meinem Büro liegt, zu. Eine Woche Auszeit kann nicht schaden.

»Komm, mach Feierabend und genieß dein Wochenende. Ich informiere deine Assistentin Montagmorgen.«

»Danke, Mike.« Als ich sein Büro verlasse, höre ich mein Handy klingeln und eile an meinen Schreibtisch.

»Crawford«, sage ich ohne auf das Display geschaut zu haben.

»Süße, wo steckst? Etwa immer noch im Büro?«

»Oh, hey Jane! Ich mache gerade Feierabend. Wieso, was ist denn los?«, frage ich meine beste Freundin.

»Du hast mich vergessen«, schnauft sie ins Telefon. Im Hintergrund kann ich Musik hören und plötzlich dämmert es mir.

»Mist, tut mir leid, Jane! Ich beeile mich, gib mir eine Stunde«, sage ich rasch und lege auf. Heute ist ihr 37. Geburtstag, den ich natürlich beinahe vergessen hätte. Hastig sammele ich meine Sachen ein und stürme in die Tiefgarage. Warum passiert das eigentlich immer mir?

Abby | Hollywood Hills
Asche über mein Haupt

Obwohl ich frisch geduscht bin, fühle ich mich durchgeschwitzt, als wäre ich einen Marathon gelaufen. Im Eiltempo rannte ich durch mein Haus, um für Janes Geburtstag halbwegs passabel auszusehen.

In diesem Augenblick stehe ich mit leeren Händen vor ihrer riesigen Villa. Oh nein! Ich bin nicht nur über eine halbe Stunde zu spät, ich habe auch kein Geschenk für meine beste Freundin gekauft. Die Liste der Peinlichkeiten kann heute definitiv nicht mehr länger werden.

Gerade als mir der Gedanke - schnell noch einmal loszufahren – durch den Kopf geht, öffnet sich das Tor.

»Hey Abby, komm doch rein«, begrüßt mich Janes Mann. Mist, jetzt ist es zu spät.

»Hi David. Danke dir fürs Aufmachen.« Irritiert schaut er mich an, steigt dann ohne ein weiteres Wort in seinen Mercedes und fährt davon.

»Steh da nicht so rum und komm lieber rein«, ruft mir meine beste Freundin von der Haustür aus zu. Sie trägt noch ein Handtuch um ihren Körper und scheint selbst nicht fertig zu sein.

»Happy Birthday, Jane!«, gratuliere ich ihr mit einer Umarmung.

»Danke, Süße. Setz dich einen Moment, ich ziehe mich schnell an«, sagt sie, nachdem ich diese riesige Villa betreten habe. Sie ist noch größer als mein Haus.

»Tut mir leid, dass ich zu spät bin«, entschuldige ich mich. Jane schaut kurz um die Ecke und lacht.

»Alles gut, Abby, ich bin selbst noch nicht fertig. Ist David schon weg?«

»Er ist gerade gefahren, als ich ankam. Geht er nicht mit uns feiern?«

»Der braucht heute etwas anderes als einen Haufen Frauen um sich herum. Irgendein Bankerkollege ist Vater geworden. Du weißt doch, wie die Männer sind. Zu jedem noch so kleinen Anlass sinnlos besaufen.« Damit hat sie absolut recht, es bestätigt meine letzten Erfahrungen mit der Spezies Mann. »Jetzt lass uns aber nicht darüber reden. Wie war deine Woche?«

»Ach, chaotisch wie immer«, erwidere ich knapp.

»Süße, so etwas sagst du jedes Mal. Schon mal daran gedacht, dass du vielleicht überarbeitet bist?«

»Ich? Niemals!«

»Abby, hör auf dich selbst zu belügen. Hilfst du mir mit meinem Kleid?« Ich stehe auf und gehe hinüber ins Gästezimmer. Jane steht mit nacktem Oberkörper vor einem großen Spiegel. Ihre prallen Brüste und harten Nippel erregen meine Aufmerksamkeit.

»Ist dir kalt?«, frage ich nach. Meine Freundin fängt an zu lachen und schüttelt den Kopf.

»Ich bin scharf und werde mir heute Nacht ein wenig Spaß gönnen. Deshalb bin ich ganz froh, dass David anderweitig beschäftigt ist«, gesteht sie mir. Ich bin weiß Gott nicht spießig, aber Jane ist in vielen Dingen anders als ich, zum Beispiel beim Thema Hemmungen. Sie nimmt selten ein Blatt vor den Mund, egal worum es geht. Wenn sie Lust auf Sex mit einer Frau hat, tut sie es einfach. Und damit meine ich nicht nur darüber zu reden. Darum beneide ich sie manchmal. Ich habe keine Ahnung, ob ihr Mann Kenntnis davon hat, was sie so treibt, es geht mich auch eigentlich überhaupt nichts an.

Während ich den Rückenreißverschluss des Kleides schließe, bemerke ich eine leichte Gänsehaut auf Janes Nacken. Sanft lächelt sie mir über den Spiegel zu.

»Oh Gott, Abby, wenn du nicht meine beste Freundin wärst, würde ich dich auf der Stelle flachlegen.«

»Dann kündige mir die Freundschaft«, scherze ich spaßhaft. Sie weiß, dass ich noch nie mit einer Frau geschlafen habe, jedoch seit längerem den Wunsch hege, es eines Tages zu tun. Mit den Männern lief es bei mir nie wirklich gut. Kaum jemand kam mit der taffen Karrierefrau, Abby Crawford, zurecht. Lange Arbeitszeiten und Bürobesuche am Wochenende waren für die meisten

Kerle einfach zu viel. Davon mal abgesehen habe ich in den letzten Jahren irgendwie das Interesse an muskulösen Sixpacks und Schwänzen verloren. Ich kann nicht einmal sagen warum, nur dass mich der weibliche Körper seit einer gewissen Zeit mehr und mehr reizt.

»Du musst dir endlich eine Spielgefährtin suchen und es ausprobieren. Ich bin mir ganz sicher, dass du es nicht bereuen wirst«, sagt Jane völlig euphorisch. Dabei dreht sie sich zu mir um und streicht mit ihren Händen über meine Seiten.

»Das würde niemals funktionieren, denk nur mal an meinen Job«, erwidere ich. »Ms. Crawford, sind Sie heute zu spät, weil Sie noch eine Pussy lecken mussten?«, sage ich und versuche damit einen Kollegen von Richter Bloomberg zu imitieren, der mich nicht mag. Jane fängt lauthals an zu lachen.

»Dir sollte egal sein, was die Leute sagen und vor allem, was du in deiner Freizeit treibst. Und wenn du fünf verschiedene Pussys an einem Tag lecken willst oder dich lecken lässt, wir leben im 21. Jahrhundert, Abby!«

»Ich weiß, und wenn du davon erzählst, klingt das immer so einfach.«

»Das ist es auch, Süße. Sag mal, trägst du keinen BH?«, fragt Jane neugierig, als sie seitlich über meine Brüste streicht.

»Ich habe keinen passenden zum Kleid gefunden und jetzt lass das, du machst dich nur selber wuschig«, antworte ich und haue ihr sanft auf die Hände.

»Dich scheint es noch mehr anzumachen als mich«, erwidert sie grinsend mit Blick auf die Stellen, an denen meine Brustwarzen leicht durch den dünnen Stoff drücken, der meine Brüste verhüllt. »Die brave Anwältin hat es faustdick hinter den Ohren und keine Ahnung, wie sexy sie eigentlich ist. Ich kümmere mich um dein Problem, Süße. Jetzt lass uns los, bevor ich es mir anders überlege und dir den Stofffetzen vom Leib reiße.«

Ein letztes Mal schaue ich selbstkritisch in den Spiegel. Mein luftiges weißes Kleid sitzt, der Ausschnitt ist nicht zu tief, mein Make-up dezent und die offenen Haare liegen perfekt. Auch wenn ich müde bin und eigentlich zu nichts Lust habe, werde ich mit meiner besten Freundin feiern gehen. Wir machen das jedes Jahr an ihrem Geburtstag und es ist fast schon eine Tradition.

Auf dem kurzen Weg zu Janes Lieblingslokal, dem *Blue Bird of Hollywood*, denke ich über ihre Worte nach. Selbst wenn ich den Mut finden würde, eine andere Frau, die mir gefällt, anzusprechen, was sollte ich mit ihr bereden? So ungeniert wie meine beste Freundin kann ich an dieses Thema nicht herangehen.

»Wir sind zu früh«, sagt sie mit Blick ins Lokal. Ich bin heute Abend anscheinend nicht die Einzige, die sich verspätet hat.

»Wen hast du denn noch eingeladen?«, frage ich neugierig nach.

»Carla und Kathleen. Die beiden bringen noch eine Freundin mit. Die solltest du unbedingt im Auge behalten. Sie ist hübsch und hat einen Wahnsinnskörper. Zufällig weiß ich auch, dass sie es nicht nur mit Männern treibt«, informiert sie mich. Ich verdrehe lachend meine Augen.

»Wir sind hier, um deinen Geburtstag zu feiern, nicht um mein erstes Mal mit einer Frau zu verhandeln.«

»Da gibt es nichts mehr zu verhandeln, die Sache ist schon so gut wie erledigt«, behauptet Jane felsenfest. Zum Glück retten mich ihre Freundinnen, die in diesem Moment um die Ecke kommen.

Carla und Kathleen kenne ich flüchtig, wir haben uns vor einiger Zeit bei Jane getroffen. Die beiden sind ganz nett und manchmal auch ziemlich aufgedreht. Genau wie in diesem Moment, als sie meine beste Freundin kreischend in die Arme schließen. Verrückte Hühner!

Ihre Begleiterin, die ich laut Jane ja im Auge behalten soll, steht ruhig daneben und lächelt mich an. Sie ist wirklich hübsch, hat Schulterlange rote Haare und trägt ein Kleid, welches noch kürzer ist als meins.

»Hi, ich bin Abby«, sage ich schließlich und reiche ihr meine Hand.

»Cynthia«, stellt sie sich vor.

»Abby, schön dich zu sehen!«, schreien Carla und Kathleen weiter. So aufgedreht hatte ich sie gar nicht in Erinnerung. Die beiden schließen auch mich in eine herzliche Umarmung. Als sie dann mit Cynthia hineingehen, bleibt Jane noch einen Moment bei mir stehen.

»Süß die Kleine, oder was meinst du?«, fragt sie neugierig.

»Du hattest recht, sie ist hübsch.«

»Und glaub mir, Süße: rostiges Dach, feuchter Keller«, bringt sie lachend mit einem Zwinkern hervor. »Du solltest dich neben sie setzen, vielleicht kommt ihr ins Gespräch.«

»Ich weiß nicht so recht«, erwidere ich verunsichert.

»Abby, heute Abend hast du die größten Chancen, deine erste heiße Sahneschnitte zu vernaschen. Oder du sagst mir gleich, dass Cynthia nicht dein Typ ist, dann werde ich sie mit nach Hause nehmen.« Was soll ich darauf antworten? Auf den ersten Blick wirkte die rothaarige junge Frau sehr nett, allerdings wüsste ich nicht, wie ich mit der Situation umgehen soll.

»Entspann dich, Süße! Es gibt keinen Grund, nervös zu sein. Ihr sollt nicht nächste Woche heiraten, sondern einfach eine Nacht zusammen verbringen. Genau das, was du dir seit langem wünscht. Wir schauen einfach, ob ihr miteinander zurechtkommt. Ich bin da. Wenn du Hilfe brauchst, gib mir einfach ein Zeichen. Okay?«, bietet Jane schließlich an, als ich mich um das Thema herumdrücke. Ich ahne bereits, welchen Plan sie verfolgt.

Auf dem Weg hinein legt sie einen Arm um mich und lächelt.

»Schön, dass du dabei bist. Wir werden einen fantastischen und heißen Abend haben.«

»Okay«, erwidere ich knapp. Wie war das mit dem gemütlich machen und zu Hause? Kopfschüttelnd verdränge ich meinen Gedanken.

Das *Blue Bird* ist, wie der Name schon erahnen lässt, in Blautönen eingerichtet und mit vielen Federn der verschiedensten Vögel aus aller Welt geschmückt. Selbst die Cocktails sind hier vorwiegend blau. Ich mag den Laden, weil man sich hier wahnsinnig viel Mühe für die Gäste gibt und das Personal immer freundlich ist.

»Die erste Runde geht auf mich«, verkündet Jane. Wir haben eine kleine Lounge bekommen und sitzen im Halbkreis um einen runden Tisch verteilt. Carla und Kathleen haben das Geburtstagskind zwischen sich, Cynthia hat neben mir Platz genommen. Der Kellner notiert die Cocktailbestellungen, womit die kleine Feier beginnen kann.

Cynthia taut mit den ersten Getränken, es fließt Hochprozentiges, immer weiter auf. War sie anfangs noch sehr schweigsam, sind wir schnell in einer Unterhaltung über die Arbeit und unsere wunderschöne Stadt vertieft. Sie erzählt mir, dass sie bei dem Architekten angestellt ist, der unter anderem das neue LAPD Hauptquartier in der 1st Street geplant und gebaut hat.

Immer wieder muss ich an die Worte meiner besten Freundin denken, als sie sagte, wie süß Cynthia doch sei. Mittlerweile habe ich genau diesen Eindruck von ihr gewonnen, und das nicht nur optisch.

»Wollt ihr noch etwas trinken?«, erkundigt sich Jane weit über den Tisch in unsere Richtung gebeugt. Dabei zeigt sie auf unsere leeren Cocktailgläser. Ich spüre bereits den Alkohol, der mir zu Kopf steigt. Dafür, dass ich selten etwas trinke, bin ich mittlerweile schon gut angeheitert.

»Ich nehme noch eine blaue Lagune. Du auch?«, frage ich an Cynthia gewandt. Diese stimmt zu und lächelt.

»Lass uns direkt am Tresen bestellen«, schlägt Jane mit einem deutlichen Blick zum Barkeeper vor. Sie krabbelt aus ihrer Ecke heraus und ergreift meine Hand.

»Will noch jemand was?«, fragt sie in die Runde. Carla und Kathleen sind beim Trinken definitiv schneller als alle anderen. Sie hatten schon mindestens doppelt so viele Cocktails wie wir anderen. Trotzdem bestellen sie noch einmal nach.

»Fünfmal die Blaue Lagune«, ordert das Geburtstagskind an der Bar. Während der Barkeeper beschäftigt ist, schauen wir zu unserem Tisch.

»Läuft doch ganz gut mit euch beiden, oder?«

»Na ja, wir reden über die Arbeit, aber das ist auch okay«, erwidere ich.

»Ach komm schon, Abby, geh ran! Frag nach ihren Hobbys, Haustieren oder ihrem Freund. Langweiliges Zeug eben, bis sich das richtige Thema ergibt«, schlägt Jane vor. »Versuche dir einfach vorzustellen, Cynthia wäre ein Mann, auf den du total scharf bist.« Kopfschüttelnd lehne ich ab.

»Davon habe ich genug, glaub mir. Erst heute hatte ich wieder die perfekte Scheidung«, versuche ich so ironisch wie möglich zu klingen.

»Entweder du versuchst es auf die langweilige Tour und findest irgendwann heraus, ob sie die Nacht mit dir verbringen möchte, oder du gehst direkt ran. Trink noch ein oder zwei Cocktails, dann fallen die letzten Hemmungen. Nicht vergessen, Süße, ich habe es alles selbst durchgemacht.« Meine beste Freundin und ihre Weisheiten.

»Du hast dich betrunken, um den Mut zu fassen, mit einer Frau zu schlafen beziehungsweise sie danach zu fragen?«

»Ich war sturzbetrunken, das kann ich dir versichern.«

»Und dann hast du trotzdem mit dieser Frau Sex gehabt?«, hinterfrage ich, während wir auf die

Cocktails warten. Ich kann mir nicht vorstellen, mein erstes Mal mit einer Frau so zu erleben.

»Okay, ich stufe das sturzbetrunken auf betrunken herunter«, korrigiert Jane. »Wir haben beide etwas gewankt, spielte im Bett aber keine Rolle. Beim Lecken war es vielleicht etwas schwierig, aber wir haben es irgendwie hinbekommen.«

»Und wie war das für dich? Also von den Gefühlen?« Gott, ich quetsche meine beste Freundin an ihrem Geburtstag über ihren ersten lesbischen Sex aus. Komischerweise stört es mich nicht, dass der Barkeeper schon die ganze Zeit schmunzelt.

»Es war anders als mit einem Mann, gefühlvoller, intensiver. So, wie ich es nie erwartet hätte. Seitdem will ich beides: Schwänze und Pussys.« Jane macht keinen Hehl aus ihrer bisexuellen Neigung.

»Ladys, Ihre Drinks«, unterbricht uns der Barkeeper breit grinsend. Ich spüre die Hitze der aufsteigenden Röte in meinem Gesicht, greife mir zwei Gläser und bringe sie schnellstens an unseren Tisch. Als auch Jane mit den anderen Gläsern zu uns stößt, entschuldige ich mich kurz, um die Toilette aufzusuchen. Wie gern würde ich mein Gesicht mit kaltem Wasser kühlen, nur dann wäre mein komplettes Make-up ruiniert. Mit den Händen am Waschbecken abgestützt stehe ich da und schaue in den Spiegel. Was zur Hölle mache ich hier? Die Woche war eine der härtesten der letzten Monate.

Eigentlich wollte ich die Füße hochlegen und mich ausruhen. Stattdessen sitze ich mit Jane und ihren Freundinnen in einer Bar und lasse mir Tipps geben, wie ich am besten eine Frau ins Bett bekomme. *Abby, du solltest nach Hause gehen und dich hinlegen*, sage ich zu mir selbst. In dem Moment, als mir dieser Gedanke durch den Kopf geht, öffnet sich hinter mir die Tür. Cynthia betritt den Raum und lächelt mich über den Spiegel an.

»Hey, alles in Ordnung bei dir?«, fragt sie.

»Ja, geht schon, alles okay«, antworte ich nervös. Sie wäscht sich die Hände und kommt mir dann sehr nah.

»Darf ich?« Ihr Blick deutet auf die andere Seite zu meiner Linken, wo sich die Papierhandtücher befinden.

»Natürlich«, erwidere ich knapp. Meine Knie sind weich wie Pudding. Mir wird bewusst, dass ich mich heute mit dem Gedanken um ein lesbisches Liebeserlebnis nicht so intensiv hätte beschäftigen sollen.

»Danke«, sagt Cynthia leise. »Geht es dir wirklich gut, Abby? Du siehst etwas blass aus?«

»Die Cocktails«, versuche ich mich herauszureden. Wieder nähert sie sich, legt dieses Mal aber ihre Hände auf meine Schultern und streicht langsam über meine nackten Arme hinunter.

»Du siehst in diesem Kleid sehr sexy aus«, flüstert sie mir sanft ins Ohr. Auf meinem Körper bildet sich rasch eine Gänsehaut. Es ist das erste Mal, dass mich eine Frau so zärtlich berührt. Es fühlt sich gut an, doch plötzlich bekomme ich Panik. Wir sind hier auf einer Toilette, in die jeden Moment eine wildfremde Frau kommen könnte, und was dann?

»Wusste ich es doch«, erklingt überraschend Janes Stimme. Sie betritt grinsend den Raum, woraufhin Cynthia von mir ablässt.

»Lasst euch von mir nicht stören. Soll ich vor der Tür schmiere stehen?«, fragt meine Freundin allen Ernstes. Sofort schüttle ich meinen Kopf und verlasse die Toilette.

»Warte, Abby!«, ruft Jane mir nach. Fuck! Das hätte auch jemand anderes sein können! Mit rasendem Herzen gehe ich zurück an den Tisch, ignoriere die überraschten Gesichter von Carla und Kathleen, schnappe mir meine Tasche und laufe Richtung Ausgang.

»Hey, warte doch mal!«, höre ich Jane rufen, die mich am Arm packt.

»Ich kann nicht, es geht nicht«, erwidere ich flüsternd. Dabei schaue ich mich nervös um.

Wir gehen vor die Tür, wo Jane nach meiner Tasche greift.

»Hast du immer noch die Notfall-Zigaretten dabei?«

»Irgendwo ganz unten.« Als sie sie gefunden hat, hält sie mir die geöffnete Schachtel entgegen.

»Ich habe seit Ewigkeiten nicht mehr geraucht und möchte damit jetzt nicht wieder anfangen«, lehne ich zuerst ab, hole dann jedoch einen Glimmstängel heraus, um ihn mir zwischen die Lippen zu klemmen.

»Und trotzdem hast du alles dabei?«, fragt Jane mit einer Packung Streichhölzer in der Hand. Mit gespielter Ahnungslosigkeit ziehe ich die Schultern hoch.

»Nimm ein paar Züge und komm runter, Abby. Deine Angst ist ganz normal.«

»Hast du die damals auch gehabt?«

»Ja, allerdings half mir der Alkohol, damit besser zurecht zu kommen.«

»Ich werde nichts mehr trinken«, sage ich entschlossen, mein Pegel ist hoch genug.

»Musst du auch nicht, Süße. Vielleicht ist das alles auf einmal zu viel für dich. Tut mir leid, ich wollte dich nicht bedrängen.« Ich winke ab und muss lachen. Wir haben schon die verrücktesten Sachen zusammen erlebt.

»Cynthia war plötzlich da und ich hatte nur diesen Gedanken im Kopf, was passiert, wenn in diesem Moment jemand fremdes in die Toilette kommt«, gebe ich zu. Jane zieht kräftig an ihrer Zigarette und nickt.

»Du brauchst dafür deine gewohnte Umgebung, wo du dich wohlfühlst.«

»Kann sein. Ach, ich weiß es nicht. Bist du mir böse, wenn ich jetzt nach Hause gehe?«

»Überhaupt nicht, Abby. Du hattest eine lange Woche und bist trotzdem mitgekommen. Tu mir nur bitte den Gefallen und nimm dir ein Taxi, ich würde mich dabei besser fühlen. Okay?«

»Versprochen, Geburtstagskind! Wenn ich jetzt wieder reingehe, komme ich mir ziemlich blöd vor. Bist du so lieb und sagst den anderen Bescheid?«

»Überlass das ruhig mir und mach dir keine Sorgen. Cynthia ist heute Nacht in guten Händen«, erwidert Jane mit einem Zwinkern. Sie wird durchziehen, was sie vorhin schon angekündigt hat.

Zur Verabschiedung drückt mich meine beste Freundin liebevoll und gibt mir ein Küsschen links und rechts auf die Wangen.

»Dich in meinem Bett zu haben, wäre mir immer noch das liebste Geburtstagsgeschenk«, flüstert sie mir mit erotisch klingender Stimme ins Ohr.

»Dazu musst du mir erst kündigen«, scherze ich. Sie weiß ganz genau, dass ich es nie tun würde. Dafür ist sie mir als Mensch und Freundin zu wichtig. Immerhin kennen wir uns schon seit über 20 Jahren, so etwas wirft man nicht einfach weg.

»Ich wünsche euch einen schönen Abend und vielleicht erzählst du mir ja die Tage, wie es war«, taste ich mich zaghaft vor. Jane lacht sofort.

»Dein Wagen steht noch bei mir. Kommst du morgen Nachmittag zum Kaffee vorbei?«

»Wenn ich es aus dem Bett schaffe, vielleicht. Viel Spaß, Jane.« Sie drückt mir noch einen kurzen Schmatzer auf die Lippen und geht wieder hinein. Ich steige in das nächste freie Taxi und lasse mich nach Hause fahren.

Unterwegs denke ich über das nach, was im Blue Bird passiert ist. Noch immer will ich es ausprobieren, jedoch nicht in so einer Umgebung.

Für heute reicht es mir. Ich werde mir ein Bad einlassen, danach den Fernseher einschalten und so lange auf der Couch liegen bleiben, bis ich eingeschlafen bin.

Katie O'Neal | Malibu
Bescheidener Tag

Freitagabend, endlich ist diese verdammte Arbeitswoche vorbei. Mit schmerzenden Beinen verlasse ich das Malibu Pier Diner. Hier arbeite ich seit einem halben Jahr und habe diesen Schichtdienst einfach nur satt. Vormittags anfangen, spät am Abend Schluss und am nächsten Tag wiederholt sich dieser Teufelskreis. Nicht so an diesem Wochenende. Mein erstes freies, seit über einem Monat.

»Katie, wieso gehst du jetzt schon?«, ruft mir mein Boss fragend nach. Genervt lasse ich die Tür meines Wagens los und drehe mich zu ihm um.

»Schichtende. Ich habe heute schon wieder zwölf Stunden gearbeitet, ich kann nicht mehr, Randy!«

»Dann such dir eine Firma, die auf deine persönlichen Belange Rücksicht nimmt. Du bist gefeuert«, informiert er mich in angepisstem Tonfall.

»Echt jetzt? Ich schufte 60 Stunden in der Woche für dich, bekomme dafür zehn Dollar die Stunde und darf sogar das Trinkgeld abtreten. Nennst du das rücksichtsvoll?«

»Verschwinde endlich, Schlampe!« Dazu fällt mir nur noch eines ein, mein erhobener Mittelfinger. Dieser blöde Idiot! Geht mit seinem Personal um wie der letzte Arsch und sagt nicht einmal danke. Wichser!

Wütend steige ich in mein Auto. Wenigstens spare ich mir ab sofort jeden Tag den Weg von South Venice nach Malibu und zurück. Anderseits stehe ich – mal wieder – ohne festen Job da. Genervt lasse ich meinen Wagen an und fahre los. Ich habe es so satt! Bei anderen funktioniert es doch auch. Warum nicht bei mir? In Gedanken versunken achte ich nicht darauf, wie schnell ich bin. Dem hellen Blitz nach zu urteilen, der mich gerade aufweckt, aber zu schnell. So ein Mist! *Okay Welt, ich bin hier. Was hast du heute noch so für mich parat?* Der Griff in den Scheißeeimer war mal wieder perfekt.

Frustriert mache ich etwas langsamer und überlege, wie ich aus dem ganzen Schlamassel herauskomme. Ich habe noch einen Nebenjob, der zwar gut bezahlt, allerdings sehr unregelmäßig ist. Vielleicht sollte ich anrufen und nachfragen, ob ich kurzfristig einspringen könnte. Ohne Geld kann ich meine Miete bald nicht mehr bezahlen.

Kurz bevor ich zu Hause bin, klingelt mein Handy. Allerdings ignoriere ich es, weil Randy sicher noch einmal nachtreten will und diesen Triumph gönne ich ihm nicht. Als es jedoch nach einer Minute immer noch läutet, riskiere ich einen vorsichtigen Blick auf das Display. Diesen Anruf sollte ich unbedingt annehmen.

»Hey, entschuldige, ich bin gerade auf dem Heimweg. Was? Du hast doch deine Gefallen bei mir schon alle aufgebraucht. Ich bin gerade gefeuert worden und … Findest du das nicht ein wenig gemein? Oh, okay. Schon gut, ich kümmere mich darum. Nein, ich werde nichts sagen, vertrau mir. Name? Ja, versprochen. Was muss ich noch wissen? Okay. Schickst du mir die Adresse? Danke.« So wie es aussieht, hat mich jemand fluchen gehört und das Blatt wendet sich gerade.

Auch wenn ich dringend ins Bett müsste, ist das meine Chance. Ich parke meinen Wagen, der schon am röcheln ist und gar nicht gut klingt. Er wird bald den Geist aufgeben, womit ich dann ein neues Problem am Hals habe. Da aber die Zeit fehlt, mir auch noch darüber den Kopf zu zerbrechen, gehe ich schnell in mein kleines Apartment, um mich frisch zu machen und anzuziehen.

Wenig später, kurz vor Mitternacht, stehe ich geduscht und dezent geschminkt in High Heels, Jeans und heller Bluse vor meinem verspiegelten Kleiderschrank. Kann ich so weggehen? Ich greife an meinen Kopf und löse den Haargummi. In lauen Sommernächten wie diesen, werden meine nassen Haare unterwegs schnell trocknen.

Hoffentlich passt mein Outfit. Viel mehr Sorge mache ich mir um meinen Wagen, der mich nicht im Stich lassen darf. Ich schnappe mir eine kleine

Handtasche, mein Handy und gehe hinaus. Bevor ich den Motor starte, schaue ich mir die Nachricht an, die ich bekommen habe. Darin steht die Adresse, zu der ich fahren soll.

1261 Shadow Hill Way lese ich vom Display ab. Oh mein Gott, das ist in Beverly Hills! Plötzlich fühle ich mich total underdressed. Weil ich schon viel zu spät dran bin, entscheide ich mich einfach loszu-fahren. Im schlimmsten Fall werde ich weggeschickt. Viel mehr kann an diesem völlig verkorksten Freitag sowieso nicht schiefgehen. Sollte dem so sein, komme ich wenigstens in mein Bett und kann schlafen.

Unwissend, was mich erwartet, fahre ich über die Straßen durch West L.A., bis rüber nach Beverly Hills. Ich war selten hier, weshalb ich mich erst orientieren muss. Im Dunkeln fällt mir das alles andere als leicht.

Minuten später, nachdem ich bereits zum dritten Mal an ein- und derselben Kreuzung stehe, entdecke ich eine Gruppe Teenager auf dem Gehweg. Schnell kurbele ich das Fenster hinunter und bitte die Kids um Hilfe. Diese teilen mir mit, ich sei bereits vorbeigefahren. Als ich eine ungefähre Beschreibung habe, wende ich und suche weiter. Meinem Wagen bekommt diese Fahrt nicht, hier geht es ständig den Berg rauf und wieder runter.

Irgendwann gebe ich entmutigt auf und halte einfach an. Dann entdecke ich auf der linken Seite dieses klitzekleine Schild, das kein Mensch aus einem fahrenden Auto heraus erkennen könnte: *Shadow Hill Way*. Ich habe ihn gefunden.

»Komm Baby, die letzten Meter schaffen wir jetzt auch noch«, spreche ich mit meinem fahrbaren Untersatz. Am Ende der Straße ist eine kleine Wendeschleife. Genau dort streikt mein Wagen dann endgültig und rührt sich keinen Meter mehr. Egal, ich bin spät dran, aber ich habe mein Ziel erreicht. Schnell werfe ich einen Blick in den Rückspiegel. Außer dass ich hundemüde bin und meine Füße schmerzen, fühle ich mich soweit ganz gut. Glücklicherweise bin ich genau vor der Hausnummer *1261* liegengeblieben.

Langsamen Schrittes gehe ich auf eine große Mauer zu, hinter der sich ein neumoderner Betonklotz befindet. Es brennt noch Licht, sehr gut. Ich bin leicht nervös, weil das letzte Mal schon ein paar Wochen zurückliegt. *Hoffentlich ist sie nett und auch hübsch*. Mit diesem Gedanken drücke ich auf den Klingelknopf neben dem Namen *Crawford*.

Abby | Jane und ihre verrückten Ideen

Gähnend stehe ich vor dem Badezimmerspiegel und verschluckte beinahe meine elektrische Zahnbürste, als die schrillende Türklingel mir einen riesigen Schrecken einjagt. Es ist nach Mitternacht, wer kommt mich jetzt noch besuchen? Hoffentlich steht Jane nicht betrunken mit ihren Freundinnen vor meinem Haus. Rasch spüle ich mir den Mund aus und laufe zur Gegensprechanlage. »Hallo?«

»Hi«, erklingt eine zarte Frauenstimme. »Jane schickt mich.« Was hat meine beste Freundin jetzt schon wieder angestellt? Weil ich neugierig bin, aktiviere ich auf Knopfdruck die Kamera. Auf dem Bildschirm der Anlage ist eine Frau mit langen Haaren zu erkennen. Und es ist nicht Cynthia.

»Hallo?«, ertönt wieder diese Stimme. Ich weiß nicht, was sie hier will, trotzdem drücke ich die Entriegelungstaste für das Eingangstor.

Nur mit einem Handtuch bekleidet, öffne ich langsam die Haustür. Aus dem Halbdunkeln heraus erscheint diese Frau, die ich noch nie zuvor in meinem Leben gesehen habe.

»Hi«, sagt sie erneut und streckt mir schmunzelnd ihre Hand entgegen. »Ich bin Katie und soll dir liebe Grüße von Jane ausrichten. Darf ich reinkommen?« Sie hat glänzendes braunes Haar, leuchtend braune Augen, wahnsinnig lange Wimpern und ein wunderschönes Gesicht. Ihr unglaubliches Lächeln macht mich nervös. Immer und immer wieder hallt ihre Stimme in meinem Kopf. Sie klingt weich und sehr angenehm.

»Ähm, ja, hi, ich bin Abby«, stottere ich vor mich hin. Wie vorhin im *Blue Bird* spüre ich die aufsteigende Hitze in meinem Gesicht. »Komm rein«, bitte ich sie und bemerke erst jetzt, geistesgegenwärtig ihre Hand ergriffen zu haben. Sie fühlt sich weich und geschmeidig an.

»Tut mir leid, dass ich hier nur im Handtuch herumlaufe, ich bin gerade aus der Badewanne gekommen«, entschuldige ich mich auf dem Weg in die Küche. »Möchtest du etwas trinken?«

»Sehr gerne«, erwidert sie. *Jane hat mir Katie geschickt? Soll sie mit mir schlafen?* Die Gedanken rauschen nur so durch meinen Kopf. Ich bin nervös und öffne schnell den Kühlschrank.

»Champagner, Bier, was darf ich dir anbieten?«, erkundige ich mich, ohne sie anzusehen.

»Mir genügt ein Wasser.« Ich sollte meine beste Freundin anrufen und sie fragen, was hier los ist.

»Danke«, bringt Katie mit einem sanften Lächeln hervor, als ich ihr eine Flasche Wasser und ein Glas auf den Tresen stelle.

»Ich bin gleich wieder da«, sage ich und laufe ins Bad, wo mein Handy liegt. Mit zitternden Fingern streiche ich über das Display. Dreimal muss ich auf

Janes Nummer tippen, bis dieses verdammte Telefon sie endlich anruft.

»Heyyy«, begrüßt mich meine Freundin lallend.

»Jane, bist du betrunken?«

»Wer, ich? Nein! Wer ist da?«

»Ich bin es, Abby!«

»Wer?« Augenverdrehend stöhne ich auf. »Hey Süße, ich mach doch nur Spaß! Ich bin schon wieder nüchtern, wir laufen gerade nach Hause. Weshalb rufst du an?«

»Katie, hast du sie geschickt?« Für einen Moment ist die Leitung still, dann höre ich meine Freundin kichern.

»Ist sie bei dir?«

»Sie kam vor ein paar Minuten hier an.«

»Warum flüsterst du, Abby?«

»Ich bin im Badezimmer und will nicht, dass sie mich hört.«

»Geht es dir gut?«, fragt Jane.

»Mal davon abgesehen, dass meine Beine weich wie Pudding sind und ich das Handy kaum in der Hand halten kann, ja. Warum tust du das?«, möchte ich wissen.

»Cynthia war nicht dein Typ, das ist mir im Vorraum der Toilette bewusst geworden. Und weil du super nervös warst, dachte ich, dass dir jemand wie Katie mehr liegt, Süße. Gefällt sie dir denn nicht?« Ich glaube das alles nicht!

»Im Ernst, Jane?«

»Ehrlich wie immer, Abby, du kennst mich.«

»Gott, Katie ist so hübsch! Ihre Stimme, diese unglaublich schönen Augen«, schwärme ich vor mich hin.

»Wow, das aus deinem Mund zu hören klingt sooo heiß!«

»Jane!«, fauche ich ins Telefon. »Hilf mir, ich habe schon wieder Panik. Was soll ich nur tun?« Erneut höre ich meine Freundin lachen.

»Du bist zu Hause, in deiner gewohnten Umgebung, niemand wird euch stören. War es nicht das, was du wolltest?« Verdammt, warum muss sie immer recht haben? »Lass dich fallen, Süße. Katie ist eine ganz Liebe und steht ausschließlich auf Frauen. Ich kenne keine bessere für deine erste heiße Nacht mit einer Frau. Habt Spaß, vögelt euch das Hirn raus und später erzählst du mir beim Kaffeetrinken alles. Okay?« Mittlerweile sitze ich auf dem Badewannenrand und stütze mit einer Hand meinen Kopf.

»Ich habe keine Ahnung, wie das alles funktionieren soll«, gestehe ich.

»Abby, du bist eine Frau und du machst es dir hin und wieder auch selbst, nehme ich an. Katie weiß, was sie zu tun hat, sie macht das nicht erst seit gestern«, erklärt Jane.

»Hast du mit ihr geschlafen?«, platzt es aus mir heraus.

»Nein, das habe ich nicht, keine Sorge. Sie ist eine gute Freundin und hat im Moment genauso viel um die Ohren wie du. Entspannt einfach zusammen, es wird euch beiden guttun. Vertrau mir, Süße.« Ich hole ein paar Mal tief Luft. Alles, was ich von dieser Katie bis jetzt gesehen oder gehört habe, gefällt mir.

»Okay«, flüstere ich.

»Okay was?«

»Ich versuche es, wir sehen uns später.«

»Genau das wollte ich hören. Viel Spaß, Abby« wünscht sie mir und legt auf. Nervös fahre ich mir mit den Händen über das Gesicht. Noch vor ein paar Minuten war ich müde, reif fürs Bett und jetzt? Jetzt bin ich hellwach, völlig durch den Wind und weiß nicht, was passieren wird. Diese Neugierde, mit einer Frau zu schlafen, ist in den letzten Monaten immer stärker geworden. Heute Nacht bietet sich nun schon zum zweiten Mal die Gelegenheit dazu und die taffe Abby Crawford kneift schon wieder. Kopfschüttelnd versuche ich meine Gedanken zu verdrängen. Katie sitzt da draußen und ich sollte sie nicht warten lassen. Ich begutachte mich noch einmal abschließend im Spiegel, atme tief ein und öffne die Tür.

Katie | Abby, die Unscheinbare

Seit Minuten versteckt sich Abby im Bad und ich glaube, sie telefoniert mit jemandem. Im Vorfeld wurde ich davon in Kenntnis gesetzt, dass sie noch nie mit einer Frau geschlafen hat, jedoch sehr neugierig darauf ist. Im Moment scheint ihre Panik zu überwiegen, da sie auf mich sehr unsicher wirkt. Dabei muss ich mir selbst eingestehen, ein wenig nervös zu sein. Der Grund dafür ist leicht erklärt: Sie ist attraktiv, hat glattes, langes blondes Haar, blaue Augen, einen süßen Mund und zarte Haut. Blondinen sind mein bevorzugter Typ Frau, doch Abby übertrifft optisch bisher jede, die ich im Bett hatte.

Als die Badezimmertür aufgeht, kommt sie mit langsamen Schritten zurück. Ich kann sie tief ein- und ausatmen hören.

»Hey«, sagt sie leise, als sie an mir vorbeigeht. Noch immer hat sie dieses Handtuch um ihren Körper gewickelt. Ich beobachte, wie sie an eine kleine Bar geht, um sich einen Drink zuzubereiten.

»Möchtest du auch einen?«, fragt sie vorsichtig nach.

»Ich trinke fast nie, aber heute ist einer dieser seltenen Momente, wo ich etwas vertragen könnte.« Egal, was sie gerade zusammenmixt, ich werde es probieren. Vielleicht hilft es dabei, ihre Anspannung zu lösen.

»Also, Katie, Jane spricht in den höchsten Tönen von dir. Erzählst du mir ein wenig mehr?« Sie scheint, wie ich vermutete, mit ihr telefoniert zu haben.

»Sehr gerne. Möchtest du etwas Bestimmtes wissen oder soll ich einfach reden?« Aus Erfahrung weiß ich, dass dieser Smalltalk für eine Frau wie Abby hilfreich ist.

»Wie alt bist du?«, fängt sie schließlich an.

»29.«

»Voll daneben«, entgegnet sie rasch.

»Wie meinst du das?«

»Ich hätte dich auf Anfang bis Mitte 20 geschätzt«, sagt sie leise.

»Danke für das Kompliment, Abby.« Weil sie mir nichts mehr entgegenbringt, erhebe ich mich von meinem Barhocker und rede weiter. »Geboren und aufgewachsen bin ich in L.A. Nach dem College begann ich Jura zu studieren und brach kurz vor dem Ende ab. Auf der Suche nach meiner wahren Bestimmung landete ich nach unzähligen Jobs in Malibu beim Pier Diner, wo ich heute gekündigt wurde, weil 60 Arbeitsstunden in fünf Tagen immer noch zu wenig waren. Ich wohne in South Venice, nur ein paar Meter vom Strand entfernt, fahre eine Klapperkiste, die erst vor wenigen Augenblicken das Zeitliche gesegnet hat und jetzt bin ich hier, bei dir.«

Abby schmunzelt, reicht mir ein Cocktailglas und schaut mir in die Augen.

»Interessanter Lebenslauf. Warum hast du das Studium abgebrochen?«

»Geldprobleme. Ich kellnerte, putzte Büros und unternahm alles, um irgendwie meinen Lebensunterhalt und das Studium zu finanzieren. Sieben Tage in der Woche nebenbei zu arbeiten war so anstrengend und führte dazu, dass ich kaum noch Zeit zum Lernen hatte. Letztendlich flog ich mehrfach durch wichtige Prüfungen, die ich für meinen Abschluss benötigte. Eine Wiederholung hätte meine Studienzeit deutlich verlängert, was meinen Teufelskreis – Arbeiten, Studium, Arbeiten – nie hätte enden lassen. Außerdem war ich auf das Wohlwollen einer meiner Professoren angewiesen, der mich nur gegen sexuelle Gefälligkeiten zur Prüfungswiederholung zugelassen hätte.«

»Ist das einer der Gründe, weshalb du jetzt nur auf Frauen stehst?«

»Nein. Ich habe keine Abneigung gegen Männer, ich fühle mich einfach zu Frauen mehr hingezogen, das habe ich im Laufe der Jahre erkannt.« Abby ist sehr neugierig, traut sich aber nicht die richtigen Fragen zu stellen. Dennoch wird sie etwas lockerer, sodass das Gespräch langsam in die richtige Richtung geht.

Obwohl sie so verhalten wirkt, spüre ich ihre wachsende Neugierde.

Nachdem wir unser Glas halb geleert haben, stelle ich meines auf der kleinen Bar ab und trete hinter diese nervöse und aufgeregte Frau. Wortlos lasse ich sie meinen Atem spüren, streiche mit den Händen über ihre Oberarme hinauf bis zu den Haaren.

»Gott, ich bin 35 und fühle mich wie ein kleines Mädchen«, sagt sie leise.

»Ich sehe kein kleines Mädchen. Nur eine sehr attraktive Frau, die ich jetzt verführen möchte«, hauche ich an eine ihrer glühenden Wangen.

»Okay«, mehr erwidert sie nicht. Als ich ihre blonde Mähne halte, drehe ich sie langsam herum. Abby hat die Augen geschlossen, ihr Atem ist schneller geworden und die Hand, in der sie ihren Cocktail hält, zittert leicht. Ich nehme ihr vorsichtig das Glas ab, damit sie es nicht verliert.

»Lass sie weiterhin zu«, bitte ich und führe sie ein paar Schritte hinüber ins Wohnzimmer zu einer großen Fensterfront, in der sich das schwache Licht aus der Küche spiegelt.

»Öffne sie jetzt, Abby«, flüstere ich ihr von hinten zu. Im nächsten Augenblick berühre ich ihren von einer Gänsehaut bedeckten Nacken sanft mit meinen Lippen. Als sie zusammenzuckt, streiche ich erneut über ihre Oberarme und küsse mich zentimeterweise ihren Hals hinauf, was ihre Erregung spürbar antreibt. In der spiegelnden Scheibe vor uns kann sie alles beobachten und es scheint ihr zu gefallen.

Langsam nimmt sie ihre Arme nach oben, um sich mit ihren Händen in meinem Haar festzuhalten.

»Was machst du mit mir?«, wispert sie fragend. Mit einem Blick geradeaus kann ich erkennen, wie sie sich meinen Berührungen hingibt. Ich fahre über das Handtuch, bis ich an der Stelle angelangt bin, wo ich es von ihrem Körper lösen kann.

»Dich verzaubern«, erwidere ich und lasse es fallen. Die Frau vor mir lehnt leise stöhnend ihren Kopf an meine rechte Schulter. Sie entspannt sich und genießt den Körperkontakt, weshalb ich mit den Händen über ihre Seiten hinauf zu ihren wohlgeformten Brüsten fahre. Ich mag ihre samtweiche, gepflegte Haut.

Als Abby sich mit glasigen Augen zu mir umdreht, weiß ich, was sie begehrt. Jetzt da ihre innere Anspannung fast verflogen ist, werde ich noch ein wenig mit ihr spielen. Deshalb löse ich mich langsam von ihr und bewege mich rückwärts. Grinsend folgt sie mir und deutet mit einem Finger nach links. Kurz bevor wir eine große Schiebetür erreichen, greift sie nach mir.

»Wo willst du hin, Katie?«

»Dahin, wo wir es uns bequem machen können«, erwidere ich. Im gleichen Atemzug nähere ich mich ihren Lippen. In dem Moment, als ich ihren Atem spüre, halte ich inne.

»Hast du schon mal eine Frau geküsst?«, frage ich. Abby schüttelt zart ihren süßen Kopf. Ich streiche mit meinen Händen über ihre Brüste, hinauf zu ihrem Gesicht.

»Du hast wunderschöne Augen«, schmeichele ich ihr.

»Und du hast wahnsinnig lange Wimpern«, entgegnet sie. Dann schließt sie ihre Augen und ich will sie nicht länger warten lassen. Während sie ihre Hände um meine Taille legt, berühre ich zum ersten Mal ihre vollen, weichen Lippen mit den meinen.

Abby | Das erste Mal

Der erste Kuss mit einer Frau – noch dazu ein so leidenschaftlicher – fühlt sich himmlisch an. In diesem Augenblick habe ich den Eindruck, als würde eine tonnenschwere Last von meinen Schultern fallen.

Katie strahlt, im Gegensatz zu mir, eine unglaubliche Ruhe aus. Ich bin froh, dass sie nach meinen blöden Fragen einfach von sich erzählt hat. Zwischendrin kam ich mir wie bei einem Verhör vor, was ich aber auf meine extreme Nervosität schiebe. Dennoch half es mir, weil ich ihre Stimme gern höre. Außerdem ist sie wunderschön und für einen Moment danke ich Jane im Stillen für ihre verrückte Idee.

»Wow«, hauche ich an Katies Lippen.

»War doch gar nicht so schlimm, oder?« Kichernd schüttle ich kurz meinen Kopf, dann streiche ich dieser atemberaubenden jungen Frau einige Strähnen aus dem Gesicht.

»Mehr«, fordere ich von ihr. Sofort küsst sie mich erneut. Während ich ihre flinke Zunge spüre, kriecht mir ihr betörender Duft in die Nase.

Meine Hände gleiten über Katies Hüfte, unter die lockere Bluse, die Seiten hinauf. Ich fühle mich benebelt und kann noch nicht einordnen, ob dieser

Zustand vom Alkohol oder ihren Berührungen herrührt.

»Leg dich hin«, haucht sie mir zu, nachdem wir küssend im Schlafzimmer gelandet sind. Es gefällt mir, wie sie immer wieder die Richtung vorgibt, andernfalls würde ich mich vor ihr komplett blamieren.

Ich lege mich auf den Rücken, stütze mich mit den Ellenbogen auf der Matratze ab und beobachte sie. Ihre funkelnden Augen machen mich wahnsinnig. Ich will sie, daran habe ich keine Zweifel mehr.

Katie streift sich ihr Oberteil und die High Heels ab, um dann ihre Jeans aufzuknöpfen.

»Das scheint dir ja zu gefallen«, merkt sie grinsend an.

»Wer schaut einer so wunderschönen Frau wie dir nicht gerne beim Strippen zu?«

»Jetzt hör auf, Abby, sonst werde ich noch ganz rot.«

»Du und rot werden? Das glaube ich erst, wenn ich es gesehen habe«, sage ich lachend. Sie wirkt so gelassen, als würde sie so etwas jeden Tag machen.

»Du gefällst mir«, erwidert sie und klettert über mich.

»Und du mir. Es tut mir einfach nur leid, dass ich so wahnsinnig nervös bin«, entschuldige ich mich. Katie drückt mir sanft einen Finger auf die Lippen, um mich zum Schweigen zu bringen.

»Das vergeht ganz schnell, Abby, keine Sorge. Und dass du mir gefällst, sage ich nicht einfach so. Ich meine es ernst. Du bist der Typ Frau, auf den ich unheimlich stehe«, flüstert sie mir zu. Jetzt werde ich tatsächlich rot, denn damit hatte ich nicht gerechnet. Überhaupt wäre ich nie auf den Gedanken gekommen, dass Jane mir an ihrem Geburtstag eine ihrer Freundinnen nach Hause schickt. In den ersten Momenten der Begegnung mit Katie wusste ich nicht, was ich davon halten soll. Normalerweise schleppt man die nächste Bekanntschaft - auch wenn sie nur für eine Nacht ist – ganz klischeehaft auf einer Party oder im nächsten Club ab. Wie gut das funktioniert, habe ich mit Cynthia erlebt.

Katie holt mich mit einem Kuss aus meinen ironischen Gedanken heraus. Sie trägt nur noch Spitzenunterwäsche und mittlerweile fällt es mir nicht mehr schwer, sie einfach zu berühren. So erforsche ich mit den Händen ihren Körper, streichele über ihr Dekolleté und küsse sie dabei. Sie hat dieses Feuer in mir entfacht, welches ich nur schwer unter Kontrolle halten kann.

Mit geschlossenen Augen gebe ich mich Katie voll und ganz hin. Ich hatte es mir schwieriger vorgestellt, doch mit einem Mal ist alles ganz leicht. Während ich mich ihr weiter hingebe und diese Erleichterung darüber, es endlich einmal auszuprobieren, verspüre, küsst sie sich über meinen Hals hinunter und hinterlässt eine feuchte, prickelnde Spur auf meiner Haut.

»Mhm«, höre ich sie schnurren. »Du hast schöne Brüste.« Nur einen Atemzug später streichelt sie darüber und umkreist mit ihrer Zunge abwechselnd meine steinharten Brustwarzen. Leicht öffne ich meinen Mund, dem in diesem Augenblick ein stöhnender Laut entweicht. Ich liege mit einer Frau in meinem Bett, viel zu lange habe ich genau davon geträumt. Zu groß war meine Angst, bis Katie mich an diesen Punkt führte, an dem ich über meinen eigenen Schatten springen konnte. Egal wo sie mich berührt, streichelt oder küsst, ich will sie noch intensiver spüren. Als hätte sie meine Gedanken gehört, verweilt sie nicht länger an meiner Oberweite. Behutsam gleitet sie mit ihrer Zunge immer tiefer. Dieses Gefühl, welches sie in mir auslöst, kann ich mit Worten nicht beschreiben.

Kleine lustvolle Blitze schießen zwischen meine Beine, die Katie in diesem Moment sanft spreizt. Ich fühle mich benommen, wie in einem nicht enden wollenden Rausch.

»Oh mein Gott«, keuche ich und halte mich in ihren Haaren fest. Genussvoll lässt sie ihre Zunge erst über meine Scham und dann durch meine feuchte Mitte gleiten. Ich bin bis in die Haarspitzen erregt und genieße jede noch so kleine Berührung. Auf meinem gesamten Körper hat sich eine intensive Gänsehaut gebildet, die sich verstärkt, als

Katies Zunge meine Klit berührt. Mein Kopf ist leer und mein Verlangen unendlich groß. Nur einen Augenblick später bin ich kurz davor, vor lauter Lust zu explodieren. Ich bäume mich auf und schaue dieser unglaublichen Frau in ihre leuchtenden braunen Augen.

»Ich komme«, gebe ich stöhnend und schnell atmend von mir. Katie lässt jedoch keine Sekunde locker, stattdessen intensiviert sie ihre Bemühungen noch mehr. Je länger dieser Orgasmus anhält, desto weniger Kontrolle habe ich über meinen zitternden Unterleib. Schnell löse ich meine Hände aus ihren Haaren, drücke meinen Kopf fest auf die Matratze und kralle mich ins Laken.

Irgendwann ist der Punkt erreicht, an dem ich nicht mehr kann. Genau in diesem Moment lässt Katie von mir ab. Ich kneife mit letzter Kraft meine Beine zusammen und nehme die Embryonalstellung ein.

»Geht es dir gut?«, erkundigt sie sich wenig später.

»Nicht anfassen«, keuche ich und ringe nach Luft. Grinsend legt sie sich neben mich. Diese Frau hat mir einen Orgasmus beschert, wie ich ihn in meinem Leben noch nicht erlebt habe. Für mich war es bis zu diesem Zeitpunkt immer schwer gewesen, beim Sex höchste Erfüllung zu finden. Wenn ich mit mir selber spielte war es einfacher, aber bei weitem nicht so schön wie das, was ich vor wenigen Augenblicken empfinden durfte.

Nach einer kurzen Verschnaufpause kuschele ich mich an Katie, suche blind nach ihren Lippen und atme ihren wundervollen Duft ein.

»Danke«, hauche ich ihr in den Mund. Sie schweigt, fährt mit einem Finger über meinen Körper und lässt mein Verlangen damit erneut aufflammen. Weil ich wissen möchte, wie es sich anfühlt eine Frau zu verwöhnen, streichele ich sie ebenso. Ihre Lust wird durch eine intensive Gänsehaut verraten.

»Darf ich?«, frage ich mit einem Lächeln. Katie schmunzelt, sagt aber kein Wort, was mich irritiert. Sie legt stattdessen ihre Hände auf meine Wangen, um mich zu küssen. Langsam klettere ich über sie und schiebe ihr meine Zunge tief in den Mund. All meine Sinne sind extrem geschärft, was allein Katie zu verantworten hat. Nie im Leben hätte ich geglaubt, dass der Sex mit einer Frau so befriedigend sein kann. Ich habe im wahrsten Sinne des Wortes Blut geleckt und will mehr. Mehr von dieser wunderschönen Frau mit den leuchtenden Augen, den ultralangen Wimpern und diesem unglaublich heißen Körper.

Nach einer leidenschaftlichen und innigen Kussorgie, gleite ich mit meinen Lippen über ihre leicht salzig schmeckende Haut. Dabei streichelt Katie zärtlich meine Arme hinauf. Als ich mich zwischen ihre Beine küsse, schaut sie mir – genauso wie vorhin - in die Augen. Darin kann ich ihre Lust erkennen, die wie ein Feuer auflodert. Sehr schnell bemerke ich, wie feucht sie ist. Sie mag viel Erfahrung haben, doch anscheinend stelle ich mich nicht so dumm an und unser Vergnügen lässt sie nicht kalt.

Ruhig streicht sie durch mein Haar, während ich sie oral verwöhne. Es fällt mir nicht schwer, ganz im Gegenteil, ich finde Gefallen daran zu sehen, wie sie auf meine Berührungen reagiert.

»Oh Gott ist das gut«, sagt sie wenig später mit zitternder Stimme. Ihre Worte treiben mich an, ihr noch mehr Freude und Lust zu bereiten. Ohne die Intensität meiner Berührungen zu verringern, streiche ich mit einer Hand über ihren Bauch, hinauf zu den Brüsten, um sie abwechselnd sanft zu massieren. Sie stöhnt immer wieder auf und fängt an sich zu winden, wovon ich mich jedoch nicht aus dem Takt bringen lasse. Mit meiner anderen Hand fahre ich über ihren warmen Oberschenkel, bis hin zu ihrer feuchten Mitte, in die ich behutsam zwei Finger einführe. Katie drückt sich daraufhin ins Hohlkreuz, was es mir erschwert, sie unter Kontrolle zu behalten. Vom Ehrgeiz gepackt, sie nicht ohne einen Höhepunkt loszulassen, verstärke ich meine Bemühungen, ihr größte Lust zu schenken.

Kurze Zeit später ist es soweit; Katie stöhnt wiederholt laut auf. Ich spüre ihren bebenden Körper unter mir und verringere langsam meine Berührungen.

»Komm zu mir«, bittet sie mich schwer atmend. Mit einem Lächeln lege ich mich neben sie, streichele ihr Dekolleté und gebe ihr Zeit zum Beruhigen.

»Du hast ganz sicher noch nie mit einer Frau geschlafen?«, möchte sie überraschend zwischen zwei sanften Küssen von mir wissen. Ich schüttle leicht den Kopf.

»Du warst meine Erste und es war ...«, mitten im Satz breche ich ab.

»Ja?«, hakt Katie nach. Ich zögere mit meiner Antwort, weil ich nicht weiß, wie sie darauf reagieren wird.

»Was eben zwischen uns passiert ist, war wunderschön. Du warst sehr zärtlich und hast alles richtig gemacht«, bemüht sie sich, meine Zweifel zu zerstreuen.

»Danke. Genau das macht mich nachdenklich«, erwidere ich leise. Katie legt ihre Arme um mich und schaut mich an.

»Wovor hast du Angst, Abby?« Ich schließe die Augen und versuche mich gedanklich zu sortieren, was leichter gesagt als getan ist. Der Verlauf des Abends rast wie ein Zug durch meinen Kopf. Janes kleine Geburtstagsfeier, die Sache mit Cynthia und dann war sie plötzlich da: Katie.

»Dass es vorbei ist. Es war traumhaft und ich möchte noch so viel mehr davon erleben«, gebe ich leise zu. Katie lacht kurz auf, hebt mein Kinn mit einem Finger an und kommt mir ganz nah.

»Wer sagt denn, dass es vorbei ist?« Mit dieser Frage hatte ich nicht gerechnet. Ich würde sie gerne bei mir wissen und scheinbar ist sie nicht abgeneigt.

»Niemand, ich möchte nur nicht aufdringlich sein und«, Katie unterbricht mich mit einem Finger auf meinen Lippen.

»Die Nacht ist noch lang, Abby, und wenn ich bei dir bleiben darf, würde ich das gerne tun.«

Katie | Der Morgen danach

Langsam öffne ich meine Augen und sehe mich um. Die Sonne erleuchtet das Schlafzimmer durch seidene Vorhänge in weichem Licht. Abby liegt, nur mit einem schwarzen String bekleidet, auf dem Bauch neben mir. Sie hat die Beine angewinkelt und den Kopf auf die andere Seite gedreht. Eine leichte Gänsehaut überzieht ihren Körper und erinnert mich daran, was wir heute Nacht noch alles getan haben. Obwohl wir beide mehr als erledigt waren, konnte sie genauso wenig aufhören wie ich. Ich hatte meine Freude daran, sie von einem Höhepunkt zum nächsten zu bringen und kann mich nicht daran erinnern, selber schon jemals so viele Orgasmen in nur wenigen Stunden erlebt zu haben.

»Guten Morgen«, flüstert sie leise, nachdem sie erwacht ist. Ich drehe mich auf die Seite, stütze mit einem Arm meinen Kopf und streiche ihr lange blonde Strähnen aus dem Gesicht.

»Guten Morgen, Abby. Gut geschlafen?« Sie schaut zum Wecker, der auf ihrem kleinen Nachttisch steht und drückt dann ihren Kopf ins Kissen.

»Abby?«

»Ja, hier«, erwidert sie nuschelnd.

»Was ist los?«, frage ich vorsichtig nach.

»Nichts«, erklingt ihre gedämpfte Stimme. Die Gänsehaut auf ihrem Körper hat sich verstärkt, weshalb ich bereits ahne, warum sie so seltsam ist. Kalt kann ihr auf keinen Fall sein, denn Julinächte in L.A. sind meistens brütend heiß.

Langsam nähere ich mich ihr und streichele sanft ihre Seite. Sie zuckt zusammen und dreht sich weg. Grinsend beobachte ich sie, bis sie mich erneut anschaut. Ihre Brustwarzen haben sich aufgerichtet, sie hat schon wieder Lust. Ihr Hunger auf Sex ist nach der letzten Nacht also noch lange nicht gestillt.

»Hey«, flüstere ich mit sanfter Stimme.

»Hi. Ich bin gleich wieder da«, entgegnet Abby, erhebt sich schnell und läuft ins Badezimmer. Von dort erklingen wenig später brummende Geräusche.

»Tut mir leid, aber ich kann mich morgens selber nicht leiden«, sagt sie, als sie zum Bett zurückkehrt. »Ich habe dir eine Zahnbürste und ein Handtuch bereitgelegt, falls du dich frisch machen möchtest.«

»Das ist nett von dir. Dann bin ich auch gleich wieder da.« Als ich das Bett verlasse, um ins Bad zu gehen, klatsche ich Abby kurz auf ihren knackigen Hintern.

»Hey, der gehört mir«, merkt sie spaßhaft an.

»Gleich nicht mehr«, antworte ich grinsend.

Während ich mir die Zähne putze, sehe ich mich in aller Ruhe um. Das Badezimmer ist riesig und sehr luxuriös ausgestattet, genauso wie die anderen Räume, die ich in ihrem Haus bisher gesehen habe.

Wir sprachen heute Nacht zwar nicht darüber, was sie beruflich macht, aber ich tippe auf eine gehobene Position im Vorstand irgendeiner Bank oder eines Pharma-Konzerns.

»Was genau ist eigentlich dein Job?«, frage ich, nachdem ich wieder vor dem Bett stehe. Abby schmunzelt und bittet mich mit einem Finger zu sich. Ich steige über sie und beginne damit, ihren Hals zu küssen, als plötzlich ein Klingeln zu hören ist.

»Wahrscheinlich der Postbote. Lass uns gleich darüber reden. Hast du noch Lust auf ein gemeinsames Frühstück?«

»Sehr gerne«, antworte ich.

»Okay, dann sehen wir uns gleich in der Küche.« Sie drückt mir einen flüchtigen Kuss auf die Lippen und ich lasse sie gehen. Abby zieht sich einen seidig glänzenden Morgenmantel über und wirft mir einen zweiten zu. Auch wenn es mich nicht stört, nackt durchs Haus zu laufen, schlüpfe ich hinein.

Auf dem Weg in die Küche sehe ich mich erneut um. Der Innenarchitekt hat hier ganze Arbeit geleistet. Alles wirkt sehr edel und teuer. Angefangen bei einem riesigen Kamin, über das gigantische Sofa, welches so groß wie mein ganzes Wohnzimmer ist, bis hin zum Pool, den ich durch die gewaltige Fensterfront sehen kann.

»Mrs. Bates, bitte warten Sie«, erklingt Abbys Stimme hinter mir. Dazu höre ich das Klacken von Pfennigabsätzen, die schnell näher kommen.

»Ich brauche nur fünf Minuten, Ms. Crawford«, erwidert eine adrett gekleidete Dame. Als sie mich entdeckt, winkt sie mir überschwänglich zu.

»Oh mein Gott, sie ist so hübsch und ich wusste gar nicht das Sie auf Frauen stehen«, fährt sie an Abby gewandt fort, während sie mir entgegen- kommt. Wer ist die Lady, und warum werde ich dieses Gefühl nicht los, dass sie hier nicht erwartet wurde?

»Hallo, mein Kind! Ich bin Emilia Bates. Es freut mich, Sie kennenzulernen.«

»Katie, hallo Mrs. Bates«, erwidere ich freundlich. Nach einem kurzen Handshake geht sie an den Tresen.

»Soll ich lieber so lange ins Bad gehen oder mich anziehen und verschwinden?«, erkundige ich mich leise bei einer irritiert wirkenden Abby.

»Ähm, nein, schon okay.«

»Dann lass mich wenigstens den Kaffee machen.« Sie nickt mir zu und begibt sich zu Mrs. Bates. Auf der Anrichte entdecke ich diese Kaffeemaschine, welche so ähnlich aussieht, wie die, die wir im Malibu Pier Diner hatten.

»Mrs. Bates auch einen?«, frage ich nach, um nicht unhöflich zu sein.

»Das wäre wirklich wunderbar, ich hatte heute noch keinen«, erwidert sie mit einem freundlichen Lächeln und mustert mich dabei aufmerksam.

»Wie kann ich Ihnen helfen?«, möchte Abby von ihrem Gast wissen. Die beiden scheinen sich beruflich zu kennen, anders kann ich mir die Anrede mit dem Nachnamen nicht erklären.

»Mr. Thorn hat mich vor einer Stunde angerufen und jetzt raten Sie mal, wen er gleich hier vorbeibringt?«

»Ihre Hunde?«

»Ja, meine Babys!«, kreischt Mrs. Bates euphorisch los. Als ich zwei Tassen Kaffee auf den Tresen stelle, bekomme ich mit, wie Abby sich darüber wundert warum sie nicht informiert worden ist. Sie holt ihr Handy aus der Handtasche und schaut auf das Display.

»Er hat gestern Abend noch eine E-Mail geschrieben, die habe ich aber leider nicht mehr gelesen. Tut mir leid, Mrs. Bates.« Dieser scheint das überhaupt nichts auszumachen, denn noch immer ist sie in heller Aufregung.

»Katie, wussten Sie, dass Ihre Freundin die beste Scheidungsanwältin in ganz L.A. ist?«, wendet sie sich fragend an mich. Abby ist Anwältin? Alles klar! Jetzt verstehe ich auch, warum sie mich bezüglich meines Studienabbruchs eingehend befragt hat.

»Ja, und ich bin sehr stolz auf sie«, antworte ich ganz locker. Abby wirkt überrascht, weshalb ich ihr kurz zuzwinkere.

»Ich sollte mich schnell anziehen, bevor der Kollege Thorn mich in diesem Aufzug sieht«, entschuldigt sie sich. Mrs. Bates lächelt einfach und genießt ihren Kaffee.

»Du bist also Anwältin«, merke ich grinsend an, nachdem ich Abby ins Schlafzimmer gefolgt bin.

»Ich hätte es dir gern selber erzählt, nur kam Mrs. Bates so überraschend dazwischen. Tut mir leid«, rechtfertigt sie sich und wirkt dabei sehr nervös.

»Ich finde es wahnsinnig heiß«, schnurre ich an ihrem Ohr. Sie entzieht sich mir, ihr scheint die Situation mit Emilia unangenehm zu sein. Ihre Mandantin hält uns für ein Paar, was ich irgendwie ganz süß finde.

Hektisch sucht Abby aus ihrem Kleiderschrank ein paar Sachen zusammen, schlüpft hinein und bindet sich die Haare zu einem Pferdeschwanz zusammen.

»Ich gehe schon raus«, informiert sie mich, doch bevor sie dazu kommt, halte ich sie sanft am Arm fest.

»Tu einfach so, als wäre das zwischen uns ganz normal. Mrs. Bates scheint damit ganz locker umzugehen und du musst dich für nichts schämen. Ich spiele gerne mit, wenn es dir hilft«, biete ich ihr an. Die Arme wurde etwas überrumpelt und ich kann ihre Verunsicherung verstehen.

»Ich trenne Beruf und Privat so gut es geht, und wenn herauskommt ...« Abby holt tief Luft.

»Dass du auf Frauen stehst?«

»Ja, nein, ich meine ... Gott, ich weiß es einfach nicht«, schnauft sie angespannt.

»Hey, schau mich bitte an. Wir haben uns vor ihr weder geküsst noch anderweitig als Paar zu erkennen gegeben. Wenn sie danach fragt, sind wir einfach gute Freundinnen, die einen Filmabend zusammen gemacht haben und alles ist in Ordnung.«

»Das glaubt sie mir niemals, Katie. Sie geht davon aus, ich wäre lesbisch.«

»Und? Was wäre daran so schlimm? Entspann dich, Abby. Ich ziehe mich schnell an, und dann schaue ich, ob wir das Missverständnis noch aufklären können. Okay?« Mein Gegenüber nickt und verlässt den Raum.

Eigentlich sollte ich nicht mehr hier sein. Vielleicht ist es das Beste, wenn ich Emilias Eindruck relativiere und anschließend gehe. Unterwegs sollte ich mir dann ein Taxi rufen, mein Wagen läuft ja leider nicht mehr.

Ich ziehe mich an, richte meine Haare und schnappe mir meine Tasche. Als ich ins Wohnzimmer komme, läutet es gerade erneut an der Tür.

Abby | Zerstreut, zerstreuter, Abby

Schlagartig öffnet mir meine beste Freundin breit grinsend die Tür. Nach den letzten Ereignissen bin ich noch völlig durch den Wind und muss dringend mit Jane darüber sprechen.

»Du bist früh dran, Süße, komm rein.«

»Ist David zu Hause?«

»Nein, der ist immer noch unterwegs, mach dir keine Sorgen und jetzt komm endlich rein«, fordert sie mich ein zweites Mal auf. Ich betrete die Villa Evermore und werde zur Begrüßung gedrückt.

»Auch was trinken?« Ich stimme wortlos zu und folge Jane in die Küche. Dort entdecke ich auf einem Tresen dutzende leere Cocktailgläser. Die Party war im Blue Bird anscheinend noch nicht zu Ende.

»Ihr habt noch ordentlich gefeiert?«

»So könnte man es nennen, Süße. Die Mädels schlafen noch ihren Rausch aus.« Okay, jetzt glaube ich auch zu wissen, warum ihr Mann noch nicht wieder zurück ist. Jane drückt mir einen Cocktail in die Hand und betont dabei deutlich, er sei alkoholfrei. Anschließend läuft sie hinaus auf die Veranda, direkt zum Pool.

»Setz dich und erzähl mir endlich, warum du so aufgekratzt bist.«

»Ist das so offensichtlich?«

»Abby, wir sehen uns in letzter Zeit nicht so oft, aber ich kenne dich gut genug, um mit einem Blick zu erkennen, dass du unruhig und vielleicht auch etwas besorgt bist. Was ist passiert?« Ich hole tief Luft und überlege, wo ich anfangen soll. Zuerst muss ich meine Kehle anfeuchten, denn es ist einfach zu viel passiert. Jane wartet und grinst dabei genüsslich vor sich hin.

»Meine Mandantin, Mrs. Bates, die ich gestern noch vor Gericht vertreten habe, kam vorhin überraschend bei mir vorbei. Katie war noch da, wir lagen im Bett und wollten ...«

»Sie war die ganze Nacht bei dir?«, unterbricht mich Jane mit großen Augen.

»Ähm, ja. Sie wollte gern bleiben, was ich mir auch erhofft hatte.«

»Abby, Abby, Abby. Du hast von der verbotenen Frucht genascht und bekommst nicht genug?«, merkt sie amüsiert an und beginnt zu lachen.

»Also wenn du mich ausreden lässt, kann ich dir alles erzählen«, erwidere ich Augen verdrehend.

»Meine Lippen sind versiegelt, erzähl weiter, Süße!« Jane ist noch aufgeregter als ich. Erneut nippe ich an meinem Glas, um ihr dann zu berichten, was passiert ist.

»Mrs. Bates entdeckte Katie und hielt uns sofort für ein Paar.« Kichernd hält sich meine Freundin eine Hand vor den Mund. Ich ignoriere es, sonst werde ich heute überhaupt nicht mehr fertig. »Mir war es total peinlich, weil wir uns vor ihr nicht einmal berührt haben. Als würde das Wort *Lesbe* auf meiner Stirn stehen.«

»Ich verstehe dein Problem nicht, Abby.«

»Sie ist meine Klientin, Jane!«

»Du hattest Sex mit einer Frau, die ganze Nacht, was übrigens deine dicken Augenringe erahnen lassen, und du hast nur dieses Problem, dass eine dir vertraute Person dir ansieht, was du getan hast?«

»Nein, ja. Ach Mist! Was ist, wenn sie jemandem davon erzählt?«

»Süße, du denkst einfach zu viel nach. War das alles oder sind noch andere Dramen passiert?« Jane sieht die Dinge, die mich super nervös machen wie immer ganz locker.

»Viel mehr«, erwidere ich auf ihre Frage. »Nachdem plötzlich die Pitbulls meiner Mandantin durchs Haus liefen, wollte sie mir ihren Wagen schenken.«

»Nicht dein Ernst«, fährt Jane wieder dazwischen.

»So wahr, wie ich hier sitze! Sie verbindet damit nur schlechte Erinnerungen und hatte sogar einen Vertrag dabei, der die Schenkung beglaubigt. Ich würde so etwas nie annehmen und habe aus Befangenheitsgründen abgelehnt. Wenn das rauskäme, könnte ich meinen Schreibtisch räumen.«

»Warum hat sie ihn nicht einfach verkauft?«

»Auf diese Frage konnte sie mir keine Antwort geben. Jedenfalls wendet sie sich an Katie und schenkt ihr den Porsche, den sie letztes Jahr von ihrem Mann zu Weihnachten bekommen hat.« Jane verschluckt sich beinahe an ihrem Cocktail und muss husten.

»Hat sie ihn angenommen?«, fragt sie neugierig nach.

»Sie war völlig überrascht und sagte, sie könne ihn nicht annehmen. Mrs. Bates änderte trotzdem in der Schenkungsurkunde die Namen, legte die beiden Schlüssel auf den Tresen und ließ nicht mehr mit sich reden.«

»Die wollte ihn einfach auf dem schnellsten Wege loswerden, Abby.«

»Ich verstehe es trotzdem nicht. Genauso wenig wie Katie. Für sie war es dennoch ein Segen, weil ihr Auto heute Nacht den Geist aufgegeben hat.«

»Dann ist doch alles gut. Und jetzt erzähl mir endlich, wie es war«, drängelt mich Jane. Ihre Neugierde ist groß, ich kann es ihr ansehen. Bevor ich jedoch dazu komme, ihr die Einzelheiten zu eröffnen, läuft überraschend Cynthia völlig nackt an uns vorbei.

»Guten Morgen«, sagt sie mit einem Lächeln und steigt in den Pool. Meine Freundin beobachtet sie dabei eindringlich.

»Scheint so, als wäre ich nicht die Einzige gewesen, die ihren Spaß hatte«, flüstere ich. Cynthia erfrischt sich nur kurz und steigt dann gleich wieder aus dem Wasser. Ihr Körper ist schön, doch in meinen Augen war Katies noch attraktiver, makelloser.

»Ich könnte schon wieder«, schnurrt Jane mit dem Glas in der Hand. Erst als ihre Gespielin wieder im Haus verschwunden ist, wendet sie sich mir zu.

»Woher kennst du Katie?«, spreche ich die Frage aus, die mir auf der Zunge liegt.

»Wie ich heute Nacht schon sagte, sie ist eine gute Freundin. Lief es so ab, wie du es dir vorgestellt hast?« Ich schüttle den Kopf und muss grinsen.

»Es war viel besser, auch wenn ich am Anfang wirklich Panik hatte. Im Nachhinein kann ich dir nicht mal so genau sagen, warum«, gestehe ich. Jane leert ihr Glas, erhebt sich und kommt auf mich zu.

»Vor dem Unbekannten hat man immer Angst, aber auch das versuchte ich dir schon am Telefon zu erklären. Katie ist so lesbisch, wie die Nacht dunkel ist, Süße. Du hättest an niemand Besseren geraten können. Lust auf mehr?«, möchte sie wissen. Dazu muss ich nichts sagen, denn allein bei dem Gedanken Katie wiederzusehen, wird mir ganz warm.

»Gut zu wissen«, bewertet Jane mit einem zufriedenen Lächeln mein Stillschweigen. »Möchtest du auch noch einen?«

»Sehr gerne, aber wieder alkoholfrei.«

»Bekommst du, bin gleich zurück«, erwidert sie. Ich bleibe am Pool sitzen und versinke in Gedanken an Katie. Sie bot Mrs. Bates an, sie und ihre Hunde nach Hause zu fahren, weil sie selbst noch etwas zu erledigen hatte. In der ganzen Aufregung konnte ich sie nicht mehr fragen, ob und wann wir uns wiedersehen. Nach dieser Nacht bin ich so überwältigt, dass ich es kaum erwarten kann.

»Wohl bekommt es«, reißt Jane mich aus meinen Gedanken. Lächelnd drückt sie mir ein neues Cocktailglas in die Hand, um mit mir anzustoßen.

»Wie geht es jetzt weiter, Abby?«

»Wenn ich das nur wüsste. Würdest du mir ihre Telefonnummer geben? Wir sind leider nicht mehr dazu gekommen sie auszutauschen.« Die Antwort ist ein zögerliches *nein*. »Du veralberst mich bloß, oder?«

»Absolut nicht. Pass auf, Süße. Katie ist eine meiner Kundinnen und ich habe nur eine Ruf-nummer, über die ich sie nicht direkt erreichen kann.«

»Nicht direkt? Hör auf in Rätseln zu sprechen, Jane. Ich muss sie unbedingt wiedersehen! Kannst du sie dann wenigstens für mich anrufen?«

»Süße, ich muss dir etwas sagen«, sind die Worte, die mich mit einem Mal verunsichern. »Versprichst du mir nicht böse zu sein?«

»Das kann ich erst, wenn du mich aufgeklärt hast.« Sie kennt mich und weiß, wie sehr ich unausgesprochene Dinge hasse.

»Ich habe Katie letzte Nacht für dich gebucht, sie ist eine Escort«, gesteht Jane. Wie erstarrt schaue ich sie an und versuche ihren Satz zu verstehen.

»Du machst Scherze«, kommt es zögernd über meine Lippen. Sie entgegnet mit einem leichten Kopfschütteln.

»Am Telefon sagtest du, sie sei eine gute Freundin, und jetzt willst du mir ernsthaft weiß machen, dass Katie eine Prostituierte ist?« Schlagartig fühle ich mich schlecht, wie von einem Hammer getroffen.

»Escort, Abby, keine Prostituierte.«

»Wo genau ist der Unterschied?«

»Du bist hochintelligent, Süße, den muss ich dir nicht erklären. Katie war die ganze Nacht bei dir und sie wäre auf deinen Wunsch hin auch ins Kino oder in den nächsten Club gegangen. Sie hat sich aber dazu entschieden, Sex mit dir zu haben, obwohl sie es nicht hätte tun müssen. Und bevor du jetzt ausflippst, lass mich noch etwas dazu sagen. Ich wollte dir damit einen Gefallen tun und dir endlich diesen Wunsch erfüllen. Du hast in letzter Zeit viel gearbeitet, sodass wir uns kaum gesehen, geschweige denn etwas unternommen haben«, erklärt sie sich. Ich weiß in diesem Augenblick nicht, ob ich weinen, lachen oder komplett ausflippen soll. Als Mrs. Bates bei mir war, machte ich mir Sorgen um meinen Ruf. *Die lesbische Scheidungsanwältin aus L.A.*, sah ich bereits die Schlagzeile in der Sonntagsausgabe der L.A. Times vor meinem inneren Auge.

Jetzt steht die Sache mit Katie in einem ganz anderen Licht da. *Scheidungsanwältin Abby Crawford ist lesbisch und bucht sich ihre Gespielinnen bei einer Escort-Vermittlungsagentur.* Ich schließe meine Augen und hole tief Luft.

»Hey, schau mich an und entspann dich«, fordert Jane mich auf. »Katie macht das hin und wieder, um sich etwas dazu zu verdienen. Sie wurde gestern erst gefeuert, sie hatte den Kopf voll und kam trotzdem noch zu dir. Mach dir bitte keine Gedanken, sie ist diskret.« Ich kann das nicht glauben! Erst ging ich davon aus, Katie wäre eine stinknormale Freundin, so wie Carla, Kathleen oder Cynthia. Jetzt kenne ich die Wahrheit und fühle mich verraten. Ich wusste schon immer, dass Jane verrückter ist als ich, dennoch hätte ich ihr so etwas nicht zugetraut. Da ich vollkommen durch den Wind bin, stelle ich mein Glas ab, schnappe mir meine Tasche und laufe durchs Haus in Richtung Tür.

»Abby, wo willst du hin?«, ruft mir meine beste Freundin fragend nach. »Süße, es tut mir leid! Kommst du später im Salon vorbei und wir reden noch einmal in Ruhe darüber?« Abwehrend hebe ich die Hände hoch und verlasse ohne etwas zu sagen diesen Ort. Das kann alles nicht wahr sein! Ich sollte nach Hause fahren, duschen, ein paar Sachen einpacken und die Stadt verlassen. Wütend steige ich in meinen Wagen und gebe Gas.

Katie | Die Sache mit dem Geld

»Einhundert, zweihundert … fünfhundert Dollar. Gute Arbeit, Katie«, lobt mich Diane. »Tut mir leid wegen deines anderen Jobs. Soll ich dich jetzt öfter vermitteln?« Ich weiß nicht so recht und überlege kurz. 500 Dollar für die Nacht mit Abby helfen mir, mich über Wasser zu halten, doch eigentlich will ich das Geld nicht – ich habe ein schlechtes Gewissen. Dann schenkt mir ihre Mandantin auch noch diesen Geländewagen von Porsche, genau zu dem Zeitpunkt, als mein eigenes Auto kaputtgeht. Mir sind die Dinge nie in den Schoß gefallen, ich musste immer hart dafür arbeiten.

»Hey, ist mit dir alles okay?«, unterbricht Diane meine Gedanken.

»Ja, ich bin nur verdammt müde«, rede ich mich heraus.

»Ah, ich verstehe. Dann hat deine letzte Kundin dich in Atem gehalten?«

»Sie war sehr nett und wollte nur das Standardprogramm«, erwidere ich und stecke das Geld in meine Brieftasche. »Wenn du wieder jemanden hast, ruf mich kurz an oder schick mir eine Nachricht.«

»Du bist bei unseren Kundinnen sehr beliebt und wirst schneller von mir hören, als dir lieb ist, Katie. Wenn du einen Termin bei *Sexy Legs* benötigst, sag bitte Bescheid, ich rufe Jane dann an. Jetzt fahr erst einmal nach Hause und schlaf dich ordentlich aus«, verabschiedet mich Diane mit einer Umarmung. Zügig verlasse ich ihr Büro und steige in diesen unglaublichen Wagen.

Ohne richtigen Job kann ich es mir momentan nicht erlauben, wochenlang keine Begleitaufträge anzunehmen, wie es zuletzt der Fall war. Natürlich könnte ich den Porsche von Mrs. Bates veräußern und mir wieder irgendeine Klapperkiste kaufen. Nur wie lange hält die dann? Außerdem ist es ein Geschenk, welches mich sprachlos gemacht hat. Auf dem Weg zu ihrem Haus war sie sehr nett zu mir, und als ich ihr sagte, ich sei auf Jobsuche, sprach sie mir Mut zu, niemals aufzugeben.

Mit dem Gedanken an Abby starte ich den Motor. *Sollte ich noch einmal zu ihr fahren? Nein, es wäre gegen die Regeln*, ermahne ich mich selbst. Und wie von Diane beziehungsweise Jane gewünscht, habe ich Abby gegenüber von meiner Escort-Tätigkeit nichts erwähnt. Dessen ungeachtet möchte ich wissen, wie es ihr geht. Sie war sehr nett, hilfsbereit und trotzdem so nervös. Hin und wieder habe ich neue Kundinnen, die ihre ersten sexuellen Erfahrungen mit einer Frau machen wollen, allerdings hatte ich noch nie so jemanden wie diese hübsche Scheidungsanwältin. Ich wollte den Sex mit ihr und hatte dabei großen Spaß.

Auf dem Weg nach Hause fahre ich einen kleinen Umweg und halte bei der Zulassungsstelle in Venice.

L.A. ist schon echt cool, weil die hier auch samstags geöffnet haben. Ich muss meinen alten Wagen abmelden und den Porsche auf meinen Namen anmelden. Damit ist die Entscheidung – ihn zu behalten - gefallen. Und da ich jetzt wieder etwas Geld in der Tasche habe, kann ich es auch bezahlen.

Während ich darauf warte, an die Reihe zu kommen, meldet sich erneut mein schlechtes Gewissen gegenüber Abby. Sie war unheimlich süß, zurückhaltend und kam dann schnell auf den Geschmack. Zu denken gibt mir aber auch, was ich getan habe. Selten blieb ich bei einer Kundin über Nacht. Meistens tat ich nur das, wofür ich bezahlt wurde. Begleitete sie zu Geschäftsessen, ins Kino oder einen angesagten Club. Viele kniffen, als es darum ging, die Hüllen fallen zu lassen. Einige gefielen mir, sodass es mit etwas Geduld zum Akt kam. Andere wiederum konnte ich nicht schnell genug loswerden. Nicht so bei Abby Crawford, eine Frau, die für mich irgendwie keine Kundin war.

Nach über einer Stunde verlasse ich endlich die Zulassungsstelle. Später muss ich mich noch darum kümmern, dass mein alter Wagen in Beverly Hills abgeholt wird. Erst einmal führt mich mein Weg jedoch nach Hause.

Binnen weniger Minuten erreiche ich mein Apartment, parke den Wagen und gehe hinein. Erschöpft werfe ich einen Blick in den Kühlschrank, in dem gähnende Leere herrscht. Ich muss einkaufen und nicht gerade wenig. Vorher werde ich mich aber hinlegen und etwas Schlaf nachholen.

Als ich am späten Nachmittag erwache, muss ich sofort wieder an Abby denken. Ihre blauen Augen waren erst verunsichert und strahlten dann vor lauter Freude. Ich bin mir sicher, dass sie unsere Nacht genauso genossen hat wie ich. Wie würde sie reagieren, wenn sie erfahren würde, dass ich für ihr erstes Mal engagiert wurde? Gott, diese Gedanken machen mich verrückt! Nervös fahre ich mir durch die Haare. Noch immer kann ich sie riechen und auf meinen Lippen spüren. Mein Bedürfnis nach einem Wiedersehen ist groß, genauso wie die Lust, erneut mit ihr zu schlafen.

Um mich abzulenken stehe ich auf und gehe duschen. Selbst dabei geht sie mir nicht aus dem Kopf. Gedanklich stelle ich mir vor, wie wir in ihrer riesigen Dusche stehen, uns küssen und gegenseitig streicheln. In mir fängt es an zu kribbeln. Diese Frau war mehr als ein Auftrag, so viel ist mir jetzt klar. Meine Gedanken schweifen dahin, bis mir eine ganz bestimmte Frage in den Sinn kommt. Ihr Verhalten, ihr Verlangen, alles, was sie getan hat, lässt darauf schließen, wie sehr sie es genossen hat. Doch was fühlt sie in Bezug auf mich? Ich könnte einfach zu ihr fahren. Nein, ich muss zu ihr fahren und die persönlichen Sachen aus meinem alten Wagen holen. Das ist es! Vielleicht habe ich Glück und sie ist da. Diane hat für ihre Mädchen zwar Regeln festgelegt, aber wenn ich nicht bei Abby klingele, breche ich auch keine Prinzipien.

So schnell es geht mache ich mich fertig, schlüpfe in ein luftiges Sommerkleid und verzichte sogar auf das Make-up.

Unterwegs nach Beverly Hills mache ich mir Gedanken, was passieren könnte. Wenn Abby nicht zu Hause ist, brauche ich einen Plan B. In diesem Fall würde ich Diane um einen Termin in Janes Beautystudio bitten. Sie hat mich für Abby gebucht und kann mir sicher weiterhelfen.

Auf dem Santa Monica Boulevard, mitten in Beverly Hills, endet meine Fahrt im Stau. So wie es aussieht ist eine Ampelanlage ausgefallen und nichts geht mehr. Nervös hole ich mein Handy aus der Tasche und starre aufs Display. Keine Anrufe oder Nachrichten. *Komm schon Diane! Ruf an und nenn mir ihre Adresse*, wünsche ich mir gedanklich.

Abby | Ich bin auf 500!

Mit quietschenden Reifen verlasse ich den Sunset Boulevard in Richtung Shadow Hill. Nach Janes Geständnis fuhr ich nicht nach Hause, sondern zum Mittag rüber nach Malibu. Früher war ich oft in einem kleinen Restaurant, direkt am Meer. Es war an der Zeit, mich seit Ewigkeiten wieder einmal dort blicken zu lassen. Stunde um Stunde blickte ich früher dort hinaus aufs Wasser und dachte nach. Seit Jahren hatte ich keinen festen Freund mehr. Überhaupt gab es in der letzten Zeit keine sexuellen Aktivitäten, außer mit mir selbst und die letzte Nacht mit Katie. Blöd nur, dass sie eine Professionelle ist und sich für ihre Dienste bezahlen lässt. Wie konnte ich nur glauben, ihr hätten die Stunden mit mir gefallen? Wenn Mrs. Bates irgendjemandem von ihr erzählt, habe ich ein Problem. Und das alles nur, weil ich meine Klappe gegenüber Jane nicht halten konnte. Wir haben immer über alles gesprochen, egal worum es ging. Doch dieses Mal hat sie mich enttäuscht. Im Verlauf der letzten Stunden versuchte sie mehrfach mich zu erreichen, allerdings nahm ich ihre Gespräche aus Wut nicht an. Die Nachrichten, die sie mir zukommen ließ, ignorierte ich. Sie weiß genau, wie sehr mich dieser Traum, mit einer Frau zu schlafen, reizte und brachte mich erst in eine derart verzwickte Lage.

Vielleicht war es aber auch falsch vor Cynthia davonzulaufen. Wir hätten es in einem der zahlreichen Gästezimmer in Janes Haus wild treiben können, ich wäre danach gegangen und Mrs. Bates hätte niemals etwas mitbekommen. Vermutlich wäre meine Lust auf Frauen dann gesättigt, ich würde mir wieder einen Schwanz suchen, der es mir ordentlich besorgt, und die Welt wäre in Ordnung.

Hätte, wäre, wenn! Fuck! Gefrustet schlage ich auf das Lenkrad meines Wagens. Jane hat recht. Ich habe von der verbotenen Frucht genascht, und die heißt in diesem Fall Katie.

Hupend reißt mich ein anderer Wagen, dem ich gerade beim links abbiegen die Vorfahrt genommen habe, aus meinen Gedanken. Schnell gebe ich Gas und hebe zur Entschuldigung kurz die Hand. Es wird das Beste sein, duschen zu gehen und mich auf die Couch zu legen. Genauso, wie ich es gestern Abend schon tun wollte. So kann ich mich wenigstens von dem ganzen Ärger und Frust fernhalten.

Als ich die letzten Meter zu meinem Haus hinauffahre, setzt mein Herz einen Schlag lang aus. Aus einem Reflex heraus trete ich voll auf die Bremse. Am Straßenrand steht dieser schwarze Porsche. Sie ist hier! Katie räumt gerade ihren alten Wagen aus. Langsam rolle ich weiter und öffne meine Garage mit einer Fernbedienung, woraufhin sie mich entdeckt und mir zuwinkt. Oh Gott, ich bin am Arsch! Meine unendliche Wut, die ich bis vor wenigen Sekunden noch verspürte, löst sich nur beim Anblick dieser unglaublichen Schönheit in Luft auf.

Mit zitternden Händen steuere ich meinen Mustang in die Garage, stelle ihn ab und trete hinaus. Wenige Meter von mir entfernt steht sie in einem süßen Kleidchen und lächelt. Für eine Sekunde überlege ich, wie ich reagieren soll, und spreche dann das aus, was ich in diesem Moment denke.

»Hey! Hat Jane dich wieder gebucht oder willst du nur deine Sachen abholen?«, frage ich mit vor der Brust verschränkten Armen. Sofort vergeht ihr das Lachen.

»Sie hat es dir gesagt?« Ich nicke und mache einen Schritt auf sie zu.

»Na ja, immerhin hast du mehr bekommen als ein paar Dollar«, sage ich und deute mit einer Hand auf den Porsche. Katie senkt ihren Kopf, damit hatte sie wohl nicht gerechnet. Ohne ein weiteres Wort drehe ich mich um und gehe zur Haustür. Meine Wut über das Geschehene wächst in diesem Augenblick wieder. Ich war naiv und hätte wissen müssen, dass so jemand wie sie nicht einfach aus Spaß vor meiner Tür steht. Natürlich wurde sie für ihre Dienstleistung bezahlt und sie hat einen guten Job gemacht, denn ich glaubte bis zuletzt nicht daran.

»Es tut mir leid, Abby«, höre ich sie hinter mir. Ich reagiere nicht darauf, stecke den Schlüssel ins

Schloss und betrete mein Haus. Nachdem die Tür zu ist, lehne ich mich mit dem Rücken dagegen. Meine boshaften Worte gehen mir durch den Kopf und vermischen sich mit dem Wissen, dass Katie es im Moment nicht leicht hat. Mit der Hand vor dem Mund sinke ich zu Boden. Ich war gemein zu ihr und lasse sie dort draußen einfach stehen. Augenblicke später höre ich einen Motor aufheulen. Hastig springe ich hoch, reiße die Tür auf und laufe hinaus. Durch die getönten Scheiben des SUVs kann ich nichts sehen, weshalb ich dagegen klopfe. Sie lässt die Scheibe hinunter ...

»Du hast allen Grund sauer zu sein. Ich kann dich verstehen und es tut mir ehrlich leid, Abby. Es war ein Fehler hierher zu kommen. Ich lasse meinen kaputten Wagen schnellstmöglich abholen«, sagt sie, ohne mich dabei anzusehen.

»Machst du das alles nur wegen des Geldes?«, frage ich sie in ruhigem Ton. Katie nickt wortlos. In ihren Augen kann ich Tränen erkennen, und das wollte ich definitiv nicht erreichen. Auf einer Wut-Skala, die bis 100 geht, war ich auf 500, aber nicht wegen ihr, sondern wegen Jane.

»Wenn ich etwas ganz Bestimmtes von dir wissen will, bekomme ich dann eine ehrliche Antwort?« Wieder bestätigt sie stumm und ohne lange nachzudenken.

»Hat dir unsere gemeinsame Nacht, unabhängig von deiner Bezahlung, gefallen?« Katie wendet sich mir zu und schaut mir direkt in die Augen. Ihre Mundwinkel bewegen sich langsam nach oben.

»Als ich heute früh in deinem Bett erwachte, sah ich dich als Erstes an und war froh, dass ich noch bei dir sein durfte. Du bist eine wundervolle Frau, Abby. Wenn ich auf das Geld nicht angewiesen wäre, hätte ich mein Honorar abgelehnt, denn du warst für mich in dieser Nacht kein Auftrag.« Ich weiß nicht warum, aber ich glaube ihr. Zu keiner Zeit hatte ich den Eindruck, sie würde irgendetwas erfinden. So viel Leidenschaft kann niemand vortäuschen.

»Wie viel hast du durch mich verdient?«, möchte ich noch wissen. Wieder senkt sie ihren Kopf und dieses Mal muss ich auf die Antwort einen Moment warten.

»500 Dollar«, sagt sie schließlich.

»Wow, für ein paar Stunden nicht schlecht«, staune ich.

»Ich will dich nicht länger aufhalten und sollte nach Hause fahren. Vergessen wir das einfach, okay?« Schmunzelnd lege ich eine Hand auf ihre Schulter.

»Ich kann das nicht einfach vergessen.«

»Was soll ich tun, damit du nicht länger sauer auf Jane oder mich bist?«

»Mit ins Haus kommen, in Ruhe mit mir darüber reden und heute Nacht bei mir bleiben«, bitte ich sie leise. Katie starrt mich verblüfft mit großen Augen an. Bevor sie etwas sagen kann, entschuldige ich mich für meine gemeinen Worte, die ich ihr in meiner Wut, ohne nachzudenken, entgegenbrachte.

»Ich meine es ernst. Bitte fühl dich nicht dazu genötigt. Wenn du fahren möchtest, dann werde ich dich keineswegs aufhalten, andernfalls steht dir meine Tür jederzeit offen.« Langsamen Schrittes kehre ich ins Haus zurück, ohne die Eingangstür zu schließen. Im Stillen bete ich, dass sie aussteigt und mir folgt, doch noch immer höre ich den Motor laufen.

Katie | Es kribbelt

Als Abby mit ihrem Mustang vorfuhr, rutschte mir vor Freude beinahe das Herz ins Höschen. Mein größter Wunsch an diesem Tag wurde erfüllt, ohne dabei irgendwelche Regeln brechen zu müssen. Doch was sie dann sagte traf mich mehr, als ich dachte. Ich spüre, wie verletzt und enttäuscht sie ist und es tut mir leid. Sie wünschte sich diese Nacht so sehr, die Jane ihr auch erfüllte, allerdings mit mir, einer bezahlten Escort-Dame. Diese Situation muss für sie sehr verwirrend sein. Wir sollten darüber reden und dieses empfindliche Thema aus der Welt schaffen.

Ich schalte den Motor ab, greife nach meiner Handtasche und gehe zum Hauseingang. Wie Abby angeboten hat, steht ihre Tür offen. Sie selbst ist aber nicht zu sehen. Langsam betrete ich den Flur. Hier drinnen riecht es nach ihr und ich mag den sonnigen, blumigen Duft. Er erinnert mich an die letzte Nacht – unsere erste gemeinsame Nacht. Sie möchte eine weitere und nur der Gedanke daran, ihre Haut zu berühren, löst in mir ein intensives Kribbeln aus.

Nachdem ich meine Schuhe abgestreift habe, gehe ich in Richtung der offenen Küche. Dort steht Abby am Tresen, hat ihre Arme vor der Brust verschränkt und schaut mich abschätzend an. Ich kann ihren Blick nicht wirklich deuten, weshalb ich einfach an sie herantrete.

»Hi«, sage ich leise.

»Hi«, erwidert sie. »Möchtest du etwas trinken?«

»Sehr gerne. Ich nehme das Gleiche wie du.« Zu meinen Worten grummelt mein Bauch laut vor sich hin. Dieses Geräusch erinnert mich daran, heute noch nichts gegessen zu haben. Abby registriert es, nimmt ihr Telefon in die Hand und geht zum Kühlschrank.

»Lust auf Pizza?«, fragt sie mit einem zarten Lächeln. Lachend nicke ich ihr zu. »Einen besonderen Wunsch?«

»Ich möchte sie mit dir auf der Couch oder wo auch immer genießen«, äußere ich meinen ersten Gedanken. Die Luft ist zum Zerreißen gespannt und die Distanz zwischen uns eindeutig zu groß. Ich würde sie gerne berühren und küssen, halte mich jedoch zurück.

»Dein Cocktail«, sagt Abby, schaut mir tief in die Augen und reicht mir ein Glas. Vorsichtig nehme ich es ihr ab, wobei sich unsere Finger kurz berühren. Es fühlt sich wie ein kleiner Stromschlag an, den man bekommt, wenn man seinen Sweater zu schnell auszieht.

»Danke und Cheers«, proste ich. Wir stoßen an, nehmen einen Schluck und stellen die Getränke auf dem Tresen ab. Genau in diesem Augenblick kann ich mich nicht länger zurückhalten. Ich überbrücke die kurze Distanz zwischen uns, lege meine Hände an Abbys Hals, ziehe sie sanft ein Stück zu mir heran und küsse sie. Für eine Sekunde wirkt sie überrascht, doch dann erwidert sie den Kuss, in den ich all meine Leidenschaft hineinlege. Als ich mich wieder von ihr löse, sind ihre Augen noch immer geschlossen.

»Ich stehe auf dich, seit ich dich gestern zum ersten Mal sah«, flüstere ich ihr leise zu. Abby schmunzelt, sagt aber nichts. Stattdessen geht sie ins Schlafzimmer und kommt wenig später nur in einem Bikinihöschen zurück. In ihrer Hand hält sie ein zweites.

»Lust auf eine kleine Poolrunde?« Nickend stimme ich zu. Sie hat einen bildschönen Körper. Etwas mehr Po, dafür aber auch die entsprechend üppige Oberweite. Sie reicht mir das Höschen, greift nach ihrem Cocktail und geht hinaus auf die Veranda. Grinsend folge ich ihr bis zum Pool. Dort bleibe ich staunend stehen und schaue hinunter auf L.A. Diese Aussicht war mir heute Vormittag entgangen, was sicher an den heruntergelassenen Jalousien lag.

»Wow«, kommt es über meine Lippen.

»Ist schwer zu ertragen«, flachst Abby sarkastisch mit einem breiten Grinsen, bevor sie ins Wasser steigt.

Nachdem ich mich umgesehen habe und sicher bin, dass uns kein Nachbar beobachten kann, streife ich unter Abbys aufmerksamen Blicken langsam mein Kleid ab.

»Gut so?«, frage ich, nachdem ich auch meinen String gemächlich ausgezogen habe. Heute Nacht sagte sie noch, wie gern sie mich strippen sieht.

»Mhm, Zugabe«, antwortet sie mit erhobenen Glas. Die soll sie gerne haben. Ich verzichte auf das Bikinihöschen und steige nackt zu ihr in den Pool. Stück für Stück nähere ich mich dieser atemberaubenden Frau, bis zwischen uns nur noch wenige Zentimeter Luft sind. Wieder kribbelt es wie verrückt in mir und ich kann es förmlich knistern hören.

»Du hast wunderschöne Augen«, hauche ich in Abbys Mund. Sie schließt erneut ihre Lider und erwartet meine Lippen, die ich ihr aber nicht gleich geben werde. Für den Anfang reicht es, dass sie meinen Atem spüren kann. Allein das beschert ihr eine deutlich sichtbare Gänsehaut.

»Küss mich«, fordert sie. Anstatt ihren Wunsch zu erfüllen, entferne ich mich von ihr.

»Jetzt bist du aber gemein!«, ruft sie mir zu. Ihr Schmollmund ist so süß, dass ich lachen muss. Doch anders als heute Nacht ist sie nicht zurückhaltend oder schüchtern. Sie stellt ihr Glas ab, taucht unter und genau vor mir wieder auf. Ohne jede Berührung drängt sie mich an den Rand des Pools, wo ich nicht weiterkann.

»Weißt du eigentlich, wie hübsch du bist, Katie?«
Zaghaft schüttle ich auf diese Frage den Kopf.

»Ein bisschen mag ich mich ja, allerdings habe ich eine traumhafte Frau kennengelernt, die seit heute Morgen ständig für ein unbeschreibliches Kribbeln in meinem Bauch sorgt«, erwidere ich und schnappe nach genau dieser Person. Abbys blaue Augen leuchten mit einem Mal und ihr Lächeln könnte nicht größer sein. Sanft drückt sie mir für einen kurzen Moment ihre Lippen auf.

»Klingt sehr interessant. Erzählst du mir mehr?« Schmunzelnd ziehe ich sie dichter an mich heran, um ihren Hals zu küssen.

»Alles begann damit, dass ich meinen Job verlor. Viel länger hätte ich ihn auch nicht ausgehalten. So gesehen war es wohl der schnellste, einfachste und beste Weg«, sage ich leise an ihrer Halsbeuge. Sie legt ihren Kopf leicht zur Seite, sodass ich sie immer wieder kurz mit meinen Lippen berühren kann. »In meiner Not kam ein rettender Anruf, der mir Aussicht auf Besserung versprach; mein Nebenjob.« Nach wie vor hält Abby sich an mir fest, doch jetzt schaut sie mir in die Augen.

»Als ich sagte, wir sollten über die Sache reden, wollte ich damit nicht andeuten, dass du mir jedes Detail erzählen musst. Wenn es dir unangenehm ist, lassen wir das«, lenkt sie überraschend ein. Ich habe noch nie so offen über all das gesprochen und will es einfach versuchen. Deshalb drücke ich meine Lippen kurz auf die ihren und fahre fort.

»Hin und wieder begleite ich Kundinnen der Her-to-Her Escort-Agentur zu Events, Veranstaltungen oder andere Orte, an die sie nicht allein gehen möchten. Jede von ihnen ist bisexuell oder lesbisch und diese Tatsache gab mir eine Zeitlang die Möglichkeit, meine eigene sexuelle Neigung auszuleben. Nicht jede Frau, die Sex wollte, bekam ihn auch. Immer konnte ich es mir aussuchen, weshalb ich diese Art der Arbeit sehr mochte. Es gab wenige, mit denen ich mir ein zweites Treffen hätte vorstellen können, und nur eine, mit der ich mich wiedergetroffen habe, in nicht einmal 24 Stunden.« Mit einem langen Atemzug hole ich tief Luft. Diese unsichtbare Last auf meinen Schultern wird plötzlich leichter. »Gestern Abend, auf dem Heim-weg, rief mich die Agenturchefin an und fragte, ob ich nach Wochen ohne Auftrag diesen einen über-nehmen würde. Es hieß, eine taffe und erfolgreiche junge Frau wünscht sich seit längerem den ersten gleichgeschlechtlichen Sex. Sie will es, traut sich aber nicht. Von meiner Buchung für die Kundin sollte ich nichts erwähnen. Da ich bereits mehrfach Kundinnen dieser Art hatte, sagte ich zu, obwohl ich mehr als reif fürs Bett war. Ohne Job kann ich schließlich meine Rechnungen nicht mehr bezahlen und ein neuer muss erst einmal gefunden werden. 1261 Shadow Hill Way lautete die Adresse und ich betete, dass diese Ms. Crawford nett und auch hübsch ist.«

»Was kam dann heraus?«, unterbricht Abby mich mit einem breiten Grinsen.

»Sie war anfangs sehr schüchtern, verunsichert und doch so unheimlich süß. Und sie ist mehr, als ich mir vorgestellt habe. Noch heute Nachmittag spürte ich ihre Lippen auf meiner Haut, konnte sie riechen und hatte nur diesen einen Gedanken im Kopf: sie wiederzusehen.«

»Okay, hör auf«, bittet mich Abby und streicht mit einer Hand über meine Wange. »Ich war so unendlich nervös und hatte Panik, weil Jane mich kurze Zeit vorher im Blue Bird mit einer ihrer Freundinnen verkuppeln wollte. Ich konnte mich mit diesem Gedanken nicht anfreunden, sah meinen Ruf in Gefahr und bin mit all dem überhaupt nicht zurechtgekommen. Selbst heute hatte ich mit der ganzen Thematik meine Schwierigkeiten. Erst meine Mandantin, Mrs. Bates, die mich sofort als lesbisch abstempelte und es für selbstverständlich hinnahm. Dann hörte ich du wärst eine Escort-Begleitung. Was Jane getan hat ist wirklich verrückt. Ich muss zugeben, ich war geschockt und doch ging es mir so wie dir. Ich wollte dich wiedersehen. Verzeih mir, dass ich vorhin so grob zu dir war, die Anwältin in mir kam kurz heraus«, gesteht sie mir. Für diese Worte muss ich sie einfach küssen. Prinzipiell hätte mir das alles egal sein können, aber so bin ich nicht.

Ich bemühe mich immer es allen und jedem recht zu machen, stelle meine eigenen Interessen dafür hinten an und bin genau deswegen auch schon oft auf die Nase gefallen. Bestes Beispiel: Malibu Pier Diner.

»Schon vergessen«, hauche ich ihr in den Mund. Unsere Lippen berühren sich ganz sanft, doch bevor wir uns küssen, muss ich sie noch um etwas bitten.

»Stimmt was nicht?«, fragt sie überrascht nach, als ich zögere. Ich lehne mich in ihren Armen leicht zurück, um ihr in die Augen zu schauen.

»Wenn du mit irgendetwas Schwierigkeiten hast, sprich mit mir. Und dabei ist es völlig egal, ob es um diese Escort-Geschichte oder etwas anderes geht. Okay?«

»Im Moment habe ich nur ein Problem. Ich will dich nicht gehen lassen«, erwidert sie und spricht mir damit aus der Seele. Der folgende leidenschaftliche Kuss wird abrupt durch kichernde Geräusche unterbrochen.

»Wäre ich doch bloß gleich hierhergekommen«, erklingt Janes Stimme. Sie steht mit einem großen Pizzakarton an der Ecke der Veranda und lacht. Abby löst sich hastig von mir und schaut sie mit großen Augen an. Die Situation scheint ihr peinlich zu sein, sie schämt sich.

»Hi, Jane«, rufe ich ihr zu. »Seit wann lieferst du Pizza aus?«

»Die habe ich dem Pizzajungen geklaut, der sich an Abbys Klingel erfolglos die Zähne ausbiss«, scherzt sie amüsiert. Nachdem sie unser Essen auf einem Tisch abgestellt hat, kommt sie näher. Ich schwimme zu Abby und schließe meine Arme um sie. Ich möchte ihr ein gutes Gefühl geben, weshalb ich ihr kurz auf die Wange küsse und sie anlächle.

»Es ist nur Jane, entspann dich«, flüstere ich ihr ins Ohr. »Verrätst du mir, wo ich Handtücher finden kann?«, frage ich, obwohl ich es weiß.

»Im Badzimmer«, erwidert sie knapp. Ich küsse sie erneut und steige aus dem Pool. Auch wenn ich nackt bin, mache ich mir keine Gedanken darüber. Jane hat mich beim Waxing schon öfter so gesehen.

»Hey, Sweetheart, du siehst unglaublich heiß aus.«

»Danke für das Kompliment, Jane. Ich hole uns etwas zum Abtrocknen«, entschuldige ich mich. Die beiden sollten einen Moment für sich haben.

Abby | Ja, nein, vielleicht

Meine Wut verschwand endgültig, als Katie zu mir in den Pool stieg und über ihren Escort-Job sprach. Ich hatte ein falsches Bild im Kopf und dachte, sie würde jeden Abend einer anderen Frau an die Wäsche gehen, doch dem ist nicht so. Es war deutlich zu sehen, wie schwer es ihr fiel, darüber zu sprechen. Dennoch bin ich froh, wie unsere Unterhaltung verlief. Insbesondere, als sie erklärte, was ich in ihr auslöse. Dieses Kribbeln kann ich auch spüren und ich fragte mich bereits, ob und wann ich es jemals bei einem Mann erlebt hatte.

»Hey, bist du mir noch böse?«, drängt sich Jane in meine Gedanken. Ich schaue sie an und muss schmunzeln.

»Ich sollte dich umbringen«, antworte ich gespielt ernst.

»Und ich bezahle auch noch eure Pizza, aber okay, wenn es weiter nichts ist, dann bin ich ja beruhigt. Um Missverständnisse zu vermeiden, ich habe Katie kein zweites Mal gebucht«, erklärt sie sich.

»Sie ist freiwillig hier.« Dieser Satz bringt meine beste Freundin völlig aus der Fassung. Mit offenem Mund starrt sie mich an. Eine Sekunde später fängt sie an zu lachen und kniet sich an die Poolkante.

»Komm her und lass dich drücken, Süße.«

»Aber dann mache ich dich nass«, wende ich ein.

»Also bei dem, was ich gerade gesehen habe, glaubst du doch nicht im ernst, dass mein Höschen noch trocken ist. Jetzt mach schon!« Als ich mich aus dem Wasser erhebe, schaut Jane mir auf die Brüste. »Gott, wie schade, dass diese Prachtexemplare jetzt vergeben sind«, stöhnt sie belustigt.

»Wie kommst du denn darauf?«, hake ich bei unserer Umarmung neugierig nach.

»Süße, wenn Katie freiwillig hier ist und ich euch knutschend im Pool erwische, dann willst du mir nicht weiß machen, dass es zufällig ein netter Samstagnachmittag ist. Jetzt erzähl schon, wie es dazu kam, bevor sie zurückkommt.«

»Das ist Nötigung, Fräulein«, sage ich lachend mit ausgestrecktem Zeigefinger.

»Spaßbremse«, tadelt mich Jane.

»Es ist alles in Ordnung. Sie will hier sein, ich möchte, dass sie da ist, und mehr musst du nicht wissen«, halte ich mich bedeckt. Jane verdreht natürlich die Augen, weil mit meiner Antwort ihre Neugierde nicht ausreichend befriedigt wird.

»Dann muss ich sie wohl bei unserem nächsten Termin ausquetschen«, kontert sie elegant.

»Untersteh dich, sonst kündige ich dir wirklich unsere Freundschaft«, schnaufe ich gespielt fassungslos.

»Mhm, dann darf ich dich endlich vernaschen?«

»Das hättest du gerne, was?«

»Viel zu gern, Süße. Jetzt aber mal Butter bei den Fischen, dein erster Sex mit dieser Wahnsinnsfrau und sie ist auch gleich deine erste Freundin? Findest du es fair, mir diese Details vorzuenthalten?«

»Spar dir den Schmollmund, ich genieße es erst einmal«, wimmele ich sie ab. Jane kennt mich und lässt nicht locker.

»Frau Anwältin, Sie können manchmal echt stur sein! Seid ihr jetzt fest zusammen?«

»Wer weiß, wer weiß«, antworte ich knapp und schwimme ans andere Ende des Pools. Jane steht stöhnend auf und verschränkt ihre Arme vor der Brust. Als sie anfängt zu lachen, kann ich mich selbst nicht mehr zurückhalten. Langsam ziehe ich eine Bahn und nähere mich ihr wieder.

»Was ich mit ihr erlebt habe, kannte ich vorher nicht, und du hättest beinahe alles zerstört. Zur Strafe wirst du zusehen und leiden.«

»Du solltest nicht vergessen, durch wen du sie kennengelernt hast«, gibt sie zwinkernd zurück. Natürlich hat sie recht. Ohne sie hätte Katie niemals vor meiner Tür gestanden.

»Das weiß ich doch, Jane, und ich bin dir für deine verrückte Idee dankbar. Dennoch wird es einen *gekauften Abend* nie wieder geben«, erwidere ich.

»Sag niemals nie.« Wenn wir uns gegenseitig foppen, ist es immer sehr lustig, jetzt ist allerdings der Zeitpunkt erreicht, damit aufzuhören. Sie hockt sich erneut an den Rand und lächelt.

»Ich freue mich sehr für dich, Süße. Du hast es verdient und ich gönne sie dir von Herzen. Lernt euch richtig kennen, genießt eure Zeit und gib einen Scheiß darauf, was andere Menschen sagen oder denken. Du bist für mich die taffste Frau, die ich jemals kennengelernt habe. Und als Lesbe habe ich dich sogar noch mehr lieb.« Als Jane ihre Hände auf meine Wangen legt und mich kurz auf die Stirn küsst, kommt Katie gerade zurück.

»Hey, die gehört mir«, wendet sie schmunzelnd ein.

»Du bekommst sie auch sofort zurück, Mäuschen.« Auch ihr drückt sie einen liebevollen Schmatzer auf. »Wenn ihr Lust habt die Stadt unsicher zu machen, meldet euch. Bis dann, ihr Süßen«, verabschiedet sie sich.

Katie reicht mir ein Handtuch, welches ich mir um den Körper wickele.

»Sie ist ein toller Mensch, und um ehrlich zu sein, bin ich froh darüber, dass sie mich zu dir geführt hat«, flüstert sie mir sanft ins Ohr.

»Ich bin voll und ganz deiner Meinung. Aber jetzt lass uns erst mal essen«, schlage ich vor, da Katie hungrig aussieht. Wahrscheinlich ist unsere Pizza in der Zwischenzeit kalt geworden, was uns jedoch nicht weiter stört, weil uns ein perfekter Sonnenuntergang dafür entschädigt.

»Die leckerste Pizza aller Zeiten«, schwärmt sie, nachdem kein Krümel übriggeblieben ist. Ich hatte zwar nur ein Viertel von der Riesenpizza, was für mich aber auch mehr als genug war. Zufrieden streichelt Katie über ihren Bauch.

»Cocktail oder etwas anderes?«, frage ich kurz nach.

»Cocktail bitte.«

»Kommt sofort!« Bevor ich jedoch ins Haus gehen kann, hält sie mich fest. Ich beuge mich zu ihr runter, damit sie mich küssen kann. Zeitgleich streicht sie mit ihren Händen über meine Oberschenkel, bis unter das Handtuch.

»Ich will dich«, schnurrt sie leise und löst in mir dieses Kribbeln aus, auf das ich so sehr stehe.

»Nach unserem Drink und einer ausgiebigen Dusche gehöre ich mit Haut und Haaren nur dir.« *Oh mein Gott!* Genau in diesem Moment streicht sie mit einem Finger durch meinen Schritt.

»Ich werde dich beim Wort nehmen.« Schnell löse ich mich von ihr, ehe meine Knie wieder weich wie Pudding werden.

Während ich die Getränke zubereite, vibriert Katies Handy, das in Sichtweite auf dem Tresen liegt. Obwohl ich nicht hinschauen will, lese ich den Namen *Diane* auf dem Display.

»Katie«, rufe ich hinaus. Da ich auf ihr Mobiltelefon zeige, kommt sie näher und greift nach diesem.

»Lieb von dir«, bedankt sie sich und will gerade gehen.

»Warte, dein Cocktail ist fertig, du kannst ihn schon mitnehmen«, halte ich sie noch ganz kurz auf. Schmunzelnd nimmt sie ihn mir ab und kehrt auf die Veranda zurück. Ich verbleibe in der Küche und frage mich, wer diese Diane ist. Vielleicht die, für die ich sie halte? *Oh nein*, denke ich und mit einem Mal wird mir etwas mulmig zumute. Auch wenn ich gerne den Cocktail mit ihr genießen würde, traue ich mich nicht, zu ihr hinauszugehen, um ihre Privatsphäre nicht zu verletzen. Daher beschließe ich zu warten, bis sie fertig ist. Nur Augenblicke später winkt sie mich jedoch zu sich.

»Danke, Diane«, verabschiedet sie sich gerade, als ich die Veranda betrete. »Alles okay, Abby?«

»Ja, alles bestens.«

»Dein Blick sagt aber etwas anderes. Bitte rede mit mir.« *Sollte ich diese eine Frage aussprechen?* Ich überlege, bis Katie mich an vorhin erinnert, als sie mich bat, jeden Zweifel zu äußern.

»War das deine Agentur?«, spreche ich meinen Gedanken schließlich aus, als ich mich setze.

»Ja. Sie haben eine Kundin, die mich buchen möchte.«

»Das heißt, du musst jetzt weg?« Katie schüttelt zart lächelnd ihren Kopf.

»Ich habe abgesagt, weil ich bereits ein Date habe. Bis auf weiteres werde ich keine Aufträge mehr annehmen.« Mein Herz setzt einen Schlag lang aus. Habe ich mich eben verhört?

»Abby? Geht es dir gut?« Katie schmunzelt nach wie vor und ich lasse mir ihre Worte noch einmal durch den Kopf gehen.

»Ich bin ehrlich gesagt etwas überrascht, dass du wegen mir abgesagt hast«, gebe ich zu.

»Ich wäre nirgendwo lieber, als bei dir.« Sie erhebt sich, läuft um den Tisch herum und bleibt hinter mir stehen. Ich kann ihre Hände an meinem Hals spüren.

»Das ist schön zur hören, aber dann verdienst du auch kein Geld.«

»Ich wiederhole die Worte der besten Scheidungsanwältin aus L.A.: Würde ich auf eine ganz bestimmte Frage eine ehrliche Antwort bekommen?« Sie ist sehr clever! Ich nicke ihr kopfüber zu. »Könntest du es ertragen, wenn ich jetzt zu einer anderen Frau fahren würde?« Sofort senke ich mein Haupt, sie hat recht. Ich würde mir Gedanken machen und vermutlich wahnsinnig werden.

»Nein«, antworte ich deshalb.

»Danke für deine Ehrlichkeit. Du hattest den Wunsch geäußert, dass ich heute Nacht bei dir bleibe, und genau das möchte ich auch. Morgen kann ich mich um einen neuen Job kümmern und notfalls verkaufe ich den Porsche.« Ihre Worte machen mich sprachlos und dennoch bedeuten sie mir so viel. Allerdings würde ich nicht wollen, dass sie deswegen ihr Geschenk versetzt.

»Küss mich«, bitte ich sie. Katie berührt mich mit ihren Lippen und es beginnt überall in mir zu kribbeln. Was für eine Gefühlachterbahn innerhalb eines Tages.

Obwohl wir uns erst seit kurzem kennen, gibt sie mir all das, worauf es mir in meinen bisherigen Beziehungen immer ankam: Ehrlichkeit, Verständnis, Feingefühl und Rücksicht. Warum haben die Männer das nie hinbekommen?

Janes Worte kehren in mein Gedächtnis zurück. Meine erste Sexpartnerin … Könnte sie auch meine erste Beziehung dieser Art werden? Ich muss zugeben, dass ich verwirrt bin, und mich die ganze Situation momentan überfordert.

Katie | Wünsche

Diane akzeptierte meine Absage, obwohl ich bei einer Vielzahl ihrer Kundinnen sehr gefragt bin. Abbys Wunsch ist mir wichtiger, sie als Mensch ist mir wichtiger. Heute Abend werde ich nirgendwo hingehen, außer in ihr Bett.

»Lass uns duschen«, hauche ich ihr zart ins Ohr. Sie wirkt durcheinander, was ich gerne ändern möchte. Seit ich ihr Haus betreten habe, wollte ich sie ganz nah bei mir spüren und jetzt ist es an der Zeit, unsere Spielchen vom Pool ins Bad zu verlegen.

Abby steht auf und begleitet mich ins Haus. Ohne Umwege landen wir wenig später in der Dusche. Schon nach den ersten sanften Berührungen kann sie wieder lächeln.

»Was machst du mit mir?«, haucht sie mir fragend in den Mund. Ich hebe kurz meine Schultern und küsse sie. Dabei packe ich sie an den Handgelenken, drücke diese gegen die Wand, sodass ihre Bewegungsfreiheit eingeschränkt ist.

»Ich gebe dir das, was du brauchst, und nehme mir das, was ich will.«

»Und ich kann davon nicht genug bekommen«, erwidert sie leise. Ihre glühenden Lippen zittern bereits vor Lust. »Fick mich, hier und jetzt.«

»Mhm, du stehst auf Dirty Talk?«, frage ich schmunzelnd nach. Abby nickt als Antwort. Nach außen hin wirkt sie souverän, taff und unglaublich stark, doch sie hat auch eine andere, verruchte Seite, die mich total anmacht.

»Ich werde dich ficken. Erst mit der Zunge und anschließend mit meinen Fingern«, sage ich. Abbys Augen funkeln daraufhin wie kleine Sterne. Ihre Hemmungen, die sie noch gestern hatte, sind verschwunden. Während wir uns leidenschaftlich küssen, drückt sie mir freudig ihr Becken entgegen. Dabei stelle ich das Wasser ab, lasse ihre Handgelenke los und streiche mit meinen Händen hinunter zu ihren Brüsten. In mir kribbelt es heftig, ich will sie – jetzt.

Langsam löse ich mich von ihr, verteile sanfte Küsse über ihren Hals, das Schlüsselbein, bis ich mit meiner Zunge ihre steinharten Nippel umkreise und sauge daran. Abby stöhnt laut auf. Sie scheint jede meiner Berührungen zu genießen, was meine Lust noch weiter antreibt. Als ich zwischen ihren Beinen auf die Knie gehe, bitte ich sie, mich anzuschauen.

»Oh mein Gott! Allein bei diesem Anblick könnte ich schon kommen«, keucht sie schnell atmend.

»Dann halte dich bloß nicht zurück, ich werde es auch nicht tun«, entgegne ich grinsend. Nur einen Wimpernschlag später fahre ich mit der Zunge durch ihre feuchte Mitte. Sie hat Schwierigkeiten den Blickkontakt zu halten, wofür ich ihr aber gerne noch einen Anreiz gebe.

»Schau genau hin«, murmele ich, als ich mit einer Hand zwischen meine Beine fahre. Sie soll sehen welches Verlangen sie in mir auslöst, das ich nur stillen kann, indem ich sie und mich zur selben Zeit befriedige. Ich mag es, dabei von ihr beobachtet zu werden.

»Hör nicht auf«, japst sie wenig später. Genüsslich trieze ich ihre pulsierende Klit mit meiner Zunge und den Lippen gleichzeitig. Abbys Körper beginnt zu beben, sie ist fast so weit. Laut stöhnend bricht es nur wenige Wimpernschläge später aus ihr heraus und ihre Erlösung bringt mich meiner eigenen immer näher.

Wimmernd sinkt sie langsam, mit dem Rücken an der Wand, vor mir nieder.

»Mhm, ich stehe darauf«, wispert sie, nachdem sie ihre zitternden Hände auf meine Wangen gelegt hat und mir dabei tief in die Augen schaut. Womit sie allerdings nicht rechnet, ist, dass ich meine freie Hand zwischen ihre Beine schiebe und sanft zwei Finger in ihre glühende Pussy gleiten lasse.

»Was tust du?«, fragt sie überrascht, woraufhin ich mit einem langen und stürmischen Kuss antworte. Abby ist so sehr gereizt, dass ich leichtes Spiel habe. Schließlich wollte sie, dass ich sie ficke, und so löse ich mein Versprechen auch ein.

»Komm mit mir«, bitte ich sie, als sich mein Höhepunkt nähert. Ich kann spüren, wie sehr sie es will. Voller Wonne gibt sie sich meinen Liebkosungen hin, bis es für mich keinen Weg zurück gibt. Die Klippe kommt unvermeidlich näher und wir werden gemeinsam springen ...

Nach Luft ringend löse ich mich von ihr, um mich zu setzen. In diesem Augenblick geht es mir so wie ihr, meine Beine machen nicht mehr mit. Für einige Momente erklingen ausschließlich Atemgeräusche, doch dann fängt Abby laut an zu lachen.

»Baby, du bist der absolute Wahnsinn«, bricht es aus ihr hervor. Schmunzelnd nehme ich es zur Kenntnis und drücke ihr einen flüchtigen Kuss auf.

»Ich mag dich sehr gern, Abby Crawford«, gestehe ich leise.

»Und ich dich, Katie ... Gott, ich kenne noch nicht einmal deinen Nachnamen.«

»O'Neal«, enthülle ich meine Identität.

»Ein schöner Name für eine wundervolle Frau«, erwidert sie. Als wir beide wieder bei Kräften sind, erheben wir uns, um uns abzuduschen. Abby seift mich mit einem zufriedenen Lächeln ein. Sie hat große Freude daran, über jeden Quadratzentimeter meiner Haut zu streichen.

»So zärtliche Hände habe ich noch nie erlebt«, hauche ich ihr zwischen zwei Küssen in den Mund. »Ich habe dich zwar schon gefragt, kann es aber immer noch nicht glauben, dass du bisher hetero warst.«

»Um es mit Janes Worten wiederzugeben: Ich war so hetero, wie die Nacht dunkel ist. Doch damit ist es jetzt vorbei. Mit dir habe ich diese Erfüllung gefunden, die ich vorher nie bekam.«

»Du bist süß, Abby, und Jane bin ich für ihren Anruf bei Diane sehr dankbar«, gestehe ich.

»Wie wird es mit uns weitergehen? Ich meine, wir kennen uns gerade einen Tag, es fühlt sich für mich jedoch so an, als wäre es eine Ewigkeit.« Abby wirkt einen Hauch verunsichert, dennoch funkeln ihre wunderschönen blauen Augen.

»Ehrlich? Diese Frage habe ich mir heute auch schon gestellt. Ich weiß, was ich will.«

»Was möchtest du denn, Katie?«

»Ich will dich, und das nicht nur im Bett, dem Pool oder der Dusche. Ich will dich kennenlernen, ganz viel mit dir erleben, dich verzaubern, sodass dir Hören und Sehen vergeht.«

»Mhm, das klingt verführerisch. Welche Bedenken hast du dabei?« Ich senke meinen Kopf, was Abby allerdings nicht zulässt. Vorsichtig hebt sie ihn mit zwei Fingern unter meinem Kinn an, um mir in die Augen zu schauen. Sie will eine ehrliche Antwort von mir.

»Die Anwältin und das Escort-Mädchen. Meinst du, das wird funktionieren?«, äußere ich fragend meine Zweifel. Nach einem Kuss fängt sie an zu lächeln.

»Gestern Nacht hatte ich Panik, das kannst du dir nicht vorstellen. Meine Angst, jemand würde herausfinden, was wir getan haben, machte mich verrückt. Heute fällt es mir leichter damit umzugehen, weil du und auch Jane mir mit euren Worten geholfen habt, besser zu verstehen, worauf es ankommt. Ich mag den Menschen Katie O'Neal, ich stehe auf diesen makellosen Körper und ich liebe es, was du in mir auslöst«, beantwortet sie mit eindrucksvollen und schmeichelnden Worten meine Frage.

»Ich hätte es nicht besser sagen können.« Nach dem Austausch weiterer Zärtlichkeiten, spülen wir den Schaum von unseren Körpern und verlassen die Dusche.

»Ist es okay, wenn ich ohne Klamotten durchs Haus laufe?«

»Wenn du es ertragen kannst, dass ich dir sabbernd hinterherlaufe, lass dich nicht aufhalten«, erwidert Abby breit grinsend. Ich mag es, sie herauszufordern, weshalb ich mein Handtuch auf einen Halter hänge und nackt rüber in die Küche laufe. Tatsächlich folgt sie mir ...

»Würdest du mir für einen Moment dein Handy leihen?«

Abby | Das Spiel mit den Sinnen

Neugierig darauf, was sie vorhat, reiche ich Katie mein Mobiltelefon. Kurze Zeit später bekomme ich es zurück und entdecke auf dem Display einen neuen Kontakt.

»Katie O?«, frage ich kichernd.

»Damit du nie vergisst, welche Frau dir deinen ersten Orgasmus beschert hat«, sagt sie. Anschließend küsst sie mich zart auf die Wange.

»Womit habe ich das verdient?«

»Ich mag dich und fühle mich mit dem Wissen, dass du mich ab jetzt jederzeit erreichen kannst, wohler.«

»Danke für dein Vertrauen, Katie«, kommt es mir leise über die Lippen. Ich rufe ihre Nummer an, damit sie auch meine hat. Danach lege ich mein Telefon zurück auf den Tresen, um mir diese wundervolle Frau zu schnappen. Wir haben genug geredet und Gefühle offenbart, jetzt ist es an der Zeit dort weiter zu machen, wo wir in der Dusche aufgehört haben.

»Hey, da ist ja schon wieder jemand hungrig«, neckt sie mich liebevoll, als ich ihr an den Hintern fasse.

»Ich möchte so viel nachholen und die Zeit mit dir einfach genießen. Ist das für dich okay?« Katie antwortet, wie schon so oft, mit einem leidenschaftlichen Kuss. Dabei drängt sie mich in Richtung Schlafzimmer.

»Warte bitte, ich möchte schnell ein paar Kerzen anzünden«, unterbreche ich ihren stürmischen Überfall.

»Kann ich dir helfen?«

»Klar, schau in die Schublade, da müsste alles drin sein«, erwidere ich. Katie holt kichernd ein paar Teelichter und etwas anderes heraus. Im schwachen Licht der ersten Kerzen dauert es einen Moment, bis ich erkenne, was sie in ihren Händen hält.

»Du Luder«, amüsiert sie sich über meine schwarzen Liebeskugeln. Verdammt, die Spielsachen hatte ich völlig vergessen.

»Tut mir leid, ich dachte nicht mehr daran.«

»Du glaubst doch nicht im Ernst, dass ich damit ein Problem habe.«

»Das nicht, es ist mir nur unangenehm.«

»Jetzt wird es doch erst interessant«, entgegnet Katie und zieht die Schublade richtig auf.

»Nein, nicht«, wende ich lachend ein und klettere über das Bett. Die Situation ist mir peinlich, doch sie scheint es weniger zu stören.

»Sie haben das Recht zu schweigen und ich werde auf jeden Fall alles gegen Sie verwenden, Frau Anwältin«, flachst sie. Um ihre Worte zu unterstreichen, hält sie mir meinen kleinen schwarzen Vibrator vor die Nase. Ich glaube ihr jedes Wort und freue mich darauf. Bereitwillig lege ich mich in die Mitte des Bettes und warte. Katie klettert wenig später über mich und grinst.

»Bist du müde?«, möchte sie von mir wissen.

»Nein, absolut nicht.«

»Dann solltest du dich anschnallen, denn wenn ich mit dir fertig bin, wirst du schlafen wie ein Stein«, droht sie mir mit erotisch klingender Stimme. Ihre Augen glänzen im sanften Kerzenschein und machen mich, genauso wie ihre langen und offenen Haare, unheimlich an. Sanft küsst sie sich über meinen Bauch, die Brüste, bis zu meinem Hals.

»Was wolltest du schon immer mal mit einer Frau ausprobieren?«, flüstert sie mir fragend ins Ohr.

»Fesselspiele«, antworte ich sofort mit dem Gedanken an diese eine Sache, die ich mir in der Vergangenheit in meinen Träumen vorstellte.

»Mhm«, schnurrt sie, greift nach meinen Handgelenken und hält sie mir über dem Kopf zusammen. Dann nimmt sie ein kleines schwarzes Baumwollseil aus meiner Schublade und beginnt damit, mich zu fesseln. Dieses unglaubliche Kribbeln ist wieder da. Katie ist sanft, aber auch sehr bestimmend, und das macht mich rasend vor Lust.

»Dein Safeword bitte«, fordert sie, als ich ans Bett gebunden bin.

»Ich habe keine Ahnung. Brauche ich denn eins?« Katie hebt kurz die Schultern. Ich weiß, dass sie mir nicht wehtun wird, dennoch möchte sie wohl auf der sicheren Seite sein.

»Mustang«, sage ich mit dem Gedanken an meinen Wagen. Ich fahre gern sportlich, doch manchmal ist mir dieses Pferdchen ein bisschen zu schnell und ich muss auf die Bremse treten. Sollte Katie zu viel Fahrt aufnehmen und es mir zu heftig werden, kann ich sie damit zurückhalten.

»Gefällt mir«, erwidert sie mit einem zucker-süßen Lächeln. »Schließ deine Augen«, bittet sie mich als Nächstes, um sie dann zu verbinden.

»Deine anderen Sinne werden schärfer, du wirst mich intensiver spüren und ich möchte, dass du alles bis zur letzten Sekunde genießt.« Die Möglich-keit zu antworten habe ich nicht mehr, denn sofort gleitet ihre Zunge tief in meinen Mund. Dieses beengte Gefühl und das Wissen, ihr ausgeliefert zu sein, treiben meine Lust an.

Katie küsst mich leidenschaftlich und streicht dabei über jeden Zentimeter meiner Haut. Nichts sehen zu können bewirkt genau das, was sie mir prophezeite. Jede noch so kleine Berührung ver-stärkt das prickelnde Gefühl auf und in meinem Körper.

»Mhm«, schnurrt sie mir ins Ohr, als sie sanft in meine harten Nippel zwickt und damit lustvolle Blitze auslöst, die bis hinunter zwischen meine Beine schießen.

»Was begehrst du, Abby?«

»Dich zu spüren«, antworte ich prompt. Für einen Augenblick lässt sie von mir ab und ich frage mich, was als Nächstes passieren wird.

»Wenn es dir zu viel wird, benutz bitte dein Safeword«, erklingt es zart an meinem linken Ohr, gefolgt von einem sanften Kuss.

»Okay.« Ich vertraue ihr und halte kurz inne. Dann bemerke ich, wie Katie sich bewegt, bis ich diese Wärme vor meinem Gesicht spüre. Als sie ihre Hände in meinem Haar vergräbt, hebt sie meinen Kopf leicht an. Meine Lippen berühren ihre feuchte Mitte, sodass ich meine Zunge herausstrecke und sie zu lecken beginne.

»Oh ja, das ist gut«, höre ich es leise über mir stöhnen. Als ich sagte, ich möchte noch so viel nachholen, schwieg Katie zwar, schien jedoch jedes Wort aufzusaugen. Ihre Art meine Wünsche zu erfüllen macht mich rasend vor Lust.

Während ich immer und immer wieder mit meiner Zunge durch ihre Schamlippen gleite, führt sie meinen Kopf und wird dabei lauter.

Irgendwann spüre ich, wie sie zu zittern beginnt, mich loslässt und die Hitze ihrer glühenden Pussy verschwindet.

»Hey, ich war noch nicht fertig«, beschwere ich mich kleinlaut und muss dabei lachen.

»Nicht so ungeduldig«, mahnt Katie mit sanfter Stimme. Langsam streicht sie mit einem Finger über meine Lippen. Ich öffne leicht den Mund, sodass sie ihn hineingleiten lassen kann.

»Willst du immer noch mehr, Abby?« Nickend stimme ich zu. Katie zieht ihren Finger heraus, küsst mich kurz und entfernt sich dann. Was macht sie jetzt?

Augenblicke später spüre ich erneut diese Hitze an meinem Gesicht und strecke bereits in freudiger Erwartung die Zunge raus. Früher hatte ich mit dem Thema Schwänze blasen so meine Probleme. Nach meiner Erfahrung, die ich die letzten beiden Tage machen durfte, muss ich mir selbst eingestehen, dass ich lieber eine Frau lecke. Und Katies Scham ist - wie der Rest von ihr - wunderschön. Schon gestern betrachtete ich sie sehr genau, bevor ich sie oral verwöhnte. Im Moment kann ich zwar nichts sehen, trotzdem habe ich dieses Bild genau vor meinen Augen.

Als ich ihre feuchte Mitte mit der Zungenspitze berühre, spüre ich überraschend Katies Lippen zwischen meinen Beinen. Grinsend stoße ich die Luft in meinen Lungen aus. Woher wusste sie, dass die 69er Stellung genauso ein geheimer Wunsch ist, wie es die Fesselspiele sind? Viel Zeit zum Nachdenken habe ich nicht, denn Katie stimuliert meine Klit sehr intensiv mit ihrer Zunge. Ich möchte ihr die gleiche Lust schenken, habe aber Schwierigkeiten den Rhythmus zu finden. Langsam verringert sie ihre Berührung und gibt mir so die

Chance, auch ihr Freude zu bereiten. Dachte ich jedenfalls. Kaum fahre ich mit meiner Zunge einige Male durch ihren glühenden Schritt, verstärkt sie den Körperkontakt wieder. Sie spielt mit mir und meiner Lust, treibt sie immer wieder auf die Spitze, bis ich mich an ihrem Kitzler festsauge. Katie lautes Aufstöhnen stachelt mich noch mehr an.

Als ich denke, ihr voraus zu sein, höre ich ein Surren, welches mir sehr vertraut ist.

»Du Biest«, schnaufe ich, nachdem ich von ihr abgelassen habe und sie den kleinen Vibrator aus meinem Nachttischchen langsam in meine feuchte Mitte einführt. Dazu saugt sie meine Klit in ihren Mund, um sie lustvoll zu quälen. Diese Reize bringen mich binnen kürzester Zeit an meine Grenzen. Auch wenn sie sagte, ich solle es bis zur letzten Sekunde genießen, fällt es mir wahnsinnig schwer, genau das zu tun.

»Oh mein Gott, oh mein Gott«, keuche ich schnell atmend vor mich hin. Seit Katie vor meiner Tür stand, erlebe ich durch sie so einige Orgasmen, doch dieser hier übertrifft alle. Noch immer gefesselt, winde ich mich, bis sie ihre Berührungen verringert.

»Noch ein bisschen, ich bin auch gleich soweit«, erklingt ihre zitternde Stimme. Mein ganzer Körper bebt, was es mir erschwert, Katie punktgenau zu stimulieren. Erst als sie sich meinem Gesicht wieder nähert, kann ich fortfahren und ihr zu ihrem

Höhepunkt verhelfen. Wimmernd kommt sie Augenblicke später über mir.

»Mach mich los, Baby.« Es dauert nur Sekunden, dann bin ich frei und kann die Augenbinde lösen.

Neben mir entdecke ich Katie, die sich zitternd und schnell atmend zusammengekauert hat.

»Hey, ist mit dir alles in Ordnung?«, frage ich sorgenvoll nach. Sie nickt zwar, sagt aber nichts. Stattdessen hält sie mich mit einer kurzen Geste auf Abstand. Langsam sinke ich auf die Matratze und beobachte sie. Nach diesem Sex-Marathon sind wir beide fix und fertig.

»Mustang«, spreche ich nach einigen Minuten mein Safeword aus und bringe sie damit zum Lachen.

»Warum hast du es nicht vorher benutzt?«, hakt sie mit funkelnden Augen nach.

»Ich habe es, wie du gesagt hast, bis zur letzten Sekunde genossen.«

»Es war wundervoll, Abby«, haucht sie mir leise zu. Ich drücke ihr einen sanften Kuss auf die Lippen.

»Das fand ich auch, danke für diese Erfahrung. Ich hole dir schnell ein Glas Wasser, deine Lippen sind ganz trocken.« Katie braucht eine Pause, die mir auch guttun würde, wie ich beim Aufstehen feststelle. Mit zitternden Beinen gehe ich langsam hinüber in die Küche.

Katie | Dunkle Wolken

»Guten Morgen. Dein Kaffee«, sagt Abby, als sie mir eine große Tasse auf den Tresen stellt.

»Morgen«, erwidere ich kurz. Trotz kalter Dusche kann ich kaum die Augen offenhalten und hoffe, dass das Koffein mich endlich richtig wachmacht. Nach unserem langen Samstagabend verbrachten wir den ganzen Sonntag im Bett, unter der Dusche oder auf der Couch. Eigentlich wollten wir zusammen einen Film anschauen, von dem wir dann jedoch nur den Anfang mitbekamen. Die restliche Zeit verbrachten wir damit, Stundenlang zu reden oder uns gegenseitig das Hirn herauszuvögeln.

Schmunzelnd steht Abby mir gegenüber und beobachtet mich.

»Geht es dir gut?«, fragt sie mich.

»Außer, dass ich wund bin, geht es mir eigentlich blendend. Wie lange wirst du unterwegs sein?«

»Zwei oder drei Stunden, bis ich alles übergeben habe und dann heißt es Urlaub.« Die Freude ist ihr deutlich anzusehen. Gestern sprachen wir über mein Studium, die Möglichkeiten es wiederaufzunehmen und vorher noch für ein paar Tage gemeinsam zu verreisen, um uns einfach besser kennenzulernen. Während Abby in der Kanzlei ist, werde ich zu Hause ein paar Sachen zusammenpacken.

»Ich schminke mich schnell noch. Wartest du so lange?« Ich nippe gerade an meiner Kaffeetasse, weshalb ich leicht nicke. Abby schiebt mir auf dem Tresen etwas zu, läuft drum herum und küsst mich flüchtig auf die Wange.

»Was ist das?«, frage ich, als ich meinen Namen in einer schönen Handschrift erkennen kann.

»Das gehört dir«, antwortet sie.

»Abby?« Neugierig stelle ich meine Tasse ab, um in den Umschlag zu schauen. Was ich darin finde, macht mich für einen Moment sprachlos. Wieso gibt sie mir so viel Geld?

»Abby?« Erneut reagiert sie nicht, also laufe ich mit dem Briefkuvert ins Badezimmer.

»Wieso gehört das mir?«

»Du hast Samstagabend eine Kundin für mich sausen lassen und gestern warst du den ganzen Tag bei mir. Steck es ein, bezahl deine Rechnungen und lass uns nie wieder darüber sprechen. Einverstanden?« Kopfschüttelnd lehne ich es ab.

»Das sind mehr als 500 Dollar und ich will nicht, dass du mich bezahlst.«

»Ich bezahle dich nicht, ich möchte dir helfen.« Augenverdrehend stöhne ich auf. Warum tut sie das?

»Abby ... ich kann das nicht glauben! Ich bin bei dir, weil ich es sein will, dich mag und ich etwas für dich empfinde«, versuche ich es erneut.

»Du wirst den Porsche nicht verkaufen, er ist ein Geschenk, versprich es.« Hört sie mir überhaupt zu?

»Aber ...« Abby legt ihr Mascara beiseite und nähert sich mir.

»Sieh es als Darlehen und zahl es mir irgendwann zurück. Klingt das besser?« Ich hole hörbar Luft und schüttle erneut meinen Kopf. Ich weiß ihre Hilfe zu schätzen, jedoch will ich sie nicht auf diese Art und Weise. Eigentlich wollte ich mich gestern nach einem neuen Job umschauen. Dazu gekommen bin ich natürlich nicht, weil es mir wichtiger war, die Zeit mit ihr zu genießen.

»Katie, ich habe genug davon und möchte dir wirklich helfen, und das geht nur, wenn du mich auch lässt.« Gott! Wir kennen uns seit Freitag, da war Abby nur ein Job, der anders endete, als ich mir jemals hätte erträumen können. Samstag erfuhr sie, wie das alles zustande kam, war unheimlich sauer und trotzdem wollte sie mich bei sich haben. Dieses Wochenende hat ausgereicht, um zu merken, dass da in Sachen Gefühle für Abby mehr ist, weshalb ich mich gedanklich von meinem Escort-Job schon für immer verabschiedet habe. Jetzt gibt sie mir Geld, womit ich überhaupt nicht zurechtkomme.

»Hey, bist du noch da?«, weckt sie mich auf. Ich schaue sie an und richte meinen Blick dann auf den Umschlag.

»Es fühlt sich beschissen an«, schnaufe ich enttäuscht. Schnell lege ich das Kuvert auf den Waschtisch und gehe hinaus.

»Katie!«, ruft sie mir nach, was ich jedoch ignoriere. Im Flur schnappe ich mir meine Handtasche, öffne die Haustür, um sie im nächsten Augenblick hinter mir zu schließen. Die letzten Tage waren wunderbar, bis auf diese Szene, auf die ich gerne verzichtet hätte. Menschen wie Abby, die großzügig und gütig sind, habe ich schon oft kennengelernt, allerdings hat mir niemand so viel bedeutet, wie sie es tut.

Frustriert steige ich in meinen Wagen, verlasse Beverly Hills und mache mich auf den Weg nach Venice. Unterwegs versuche ich mir darüber klar zu werden, warum mir das alles so nahegeht.

An der letzten Kreuzung vor meinem Apartment klingelt mein Handy.

»O'Neal«, sage ich, nachdem ich das Gespräch einfach angenommen habe, ohne auf das Display nach dem Namen des Anrufers zu sehen.

»Baby, es tut mir leid«, erklingt Abbys Stimme aus den Lautsprechern.

»Ich weiß, ich kann es spüren. Es fühlt sich dennoch nicht gut an, einfach eine Stange Geld hingeschoben zu bekommen.«

»Dann lass uns darüber reden und lauf nicht einfach weg. Warum fühlt es sich für dich so an?«

»Du würdest es nicht verstehen, Abby.«

»Ich möchte es aber begreifen und werde dir zuhören. Genauso wie am Wochenende.«

»Das ist doch mein Problem«, sage ich leise. »Egal, was du tust, du gibst mir immer das Gefühl, etwas Besonderes zu sein.«

»Und warum konntest du dann das Geld nicht annehmen?«

»Abby, ich habe mir alles im Leben selbst erarbeitet und bekam nie etwas geschenkt. Meine Entscheidungen waren sicher nicht immer die richtigen, doch was hätte ich anderes tun sollen?«

»Ich verstehe dich, Katie! Freunde helfen einander, und das möchte ich gerne in diesem Punkt für dich sein. Verzeih mir, wenn ich mich falsch ausgedrückt habe«, entschuldigt sie sich zum wiederholten Male.

»Ich brauche das Geld, um über die Runden zu kommen, habe mich aber gegen meinen Nebenjob entschieden. Dann kommst du mit diesem Umschlag und ich fühle mich, als wäre ich noch mitten drin.«

»Daran habe ich nicht gedacht, Katie. Und falls du es wissen möchtest, ich bin sehr glücklich über deine Entscheidung. Ist es für dich in Ordnung, wenn wir später in Ruhe darüber reden?« Ihre weiche Stimme wirkt mit einem Mal beruhigend auf mich. Vielleicht habe ich mit meiner Reaktion auch überreagiert, immerhin meint Abby es nicht böse.

»Okay, bis später«, antworte ich kurz und beende das Gespräch. Warum muss alles immer so schwierig sein?

Den letzten Block bis zu meinem Apartment denke ich über die Sache mit der hübschen Anwältin Abby Crawford nach. In der Vergangenheit kam es immer wieder vor, dass sich Kundinnen erneut mit mir treffen wollten, was ich jedes Mal ablehnte. Selbst bei Abby ist es nicht dazu gekommen, sofern ich es von der geschäftlichen Seite betrachte. Unser zweites Treffen basierte auf beiderseitigem Interesse, ohne finanzielle Hintergründe. Wir sollten einfach nachher in Ruhe darüber reden, dann versteht sie mich ganz bestimmt auch besser.

Als ich mein Ziel erreiche, steige ich aus und gehe hinein. *Ich muss nur meine kleine Reisetasche packen, damit für die kommenden Tage ausreichend Sachen da sind.* Mit diesem Gedanken betrete ich mein Apartment, wo ich auf dem Boden ein paar Briefe entdecke. Die müssen alle von Samstag sein. Meine Nachbarin Patty schiebt mir die Post immer unter der Tür durch. Ich hebe sie auf, gehe in die Küche und öffne den ersten. Eine Rechnung und noch mehr Rechnungen, einfach zum Kotzen! Genervt lasse ich sie auf dem Tresen liegen. Abby hat mir die Wiederaufnahme des Jura-Studiums empfohlen, mir Hilfe angeboten und sie hat recht. Bevor ich mich weiterhin von Job zu Job hangele, sollte ich diese eine Sache beenden, vielleicht bekomme ich dann endlich die Möglichkeit auf einen richtigen Arbeitsplatz. Ich möchte und brauche Stabilität in meinem Leben, die ich mit der Escort-Geschichte sicherlich auch haben könnte. Nur, würde Abby es verstehen, wenn ich andere Frauen zu ihren Terminen begleite, selbst wenn es keinen Sex gäbe? Nein! Das kann nicht die Lösung sein. Meine letzte Beziehung ist lange her und mit dieser Entscheidung würde ich alles aufs Spiel setzen. Abby könnte die Richtige für mich sein.

Gerade als ich meine Tasche packe, reißt mich die Klingel aus meinen Gedanken. Das muss meine Nachbarin sein, die gerne mal auf einen Kaffee vorbeikommt. Ich öffne die Eingangstür, vor der dieser Typ steht, den ich noch nie zuvor in meinem Leben gesehen habe. Wie ist der in den Hausflur gekommen?

»Kann ich Ihnen helfen?«, frage ich freundlich.

»Das kannst du, Schlampe«, erwidert er in hartem Tonfall. Im nächsten Augenblick packt er mich am Hals und schiebt mich in mein Apartment. Hastig ergreife ich seinen kräftigen Arm, um mich zu befreien – vergebens, er ist zu stark.

Abby | Hätte, wäre, wenn ...

Auf dem Weg zur Kanzlei mache ich mir Sorgen um Katie. Dieses Wochenende war eine unglaubliche Achterbahn, die ich jetzt gerne jeden Tag fahren möchte. Mit der Ausnahme dieses einen negativen Aspektes, den ich selbst zu verantworten habe. Darauf kann ich gut und gerne verzichten.

Gerade als ich auf die Interstate 10 fahre, klingelt mein Telefon, und Jane ruft an. Weil ich mit offenen Verdeck unterwegs bin, nehme ich den Fuß vom Gaspedal und das Gespräch an.

»Hey, Mrs. Sexy Legs! Wie war dein Wochenende?«

»Warum schreist du so, Süße?«

»Ich bin auf dem Weg zur Kanzlei.«

»Ah, verstehe! Dein Wochenende schien ja recht gut gewesen zu sein. Wie läuft es mit Katie?«

»Ich habe zuerst gefragt«, blocke ich ihre neugierige Gegenfrage ab.

»Freitag war noch der beste Tag. Können wir heute Abend in Ruhe darüber reden? Ich brauche bei einer ganz bestimmten Sache deine Hilfe.« Jane klingt bedrückt, irgendetwas stimmt nicht.

»Katie ist zwar da, aber das hat dich vorgestern ja auch nicht gestört. Komm einfach vorbei«, biete ich ihr an.

»Okay, dann sprechen wir in Ruhe, ich muss auch gleich los. Sonst alles okay bei dir, Süße?«

»Ja, soweit schon«, antworte ich knapp. Nach meinem Gefühl ist zwar nicht alles in Ordnung, jetzt ist jedoch kein guter Zeitpunkt, um am Telefon darüber zu plaudern.

»Bis später, Abby, pass auf dich auf.«

»Immer, Jane. Hab dich lieb«, verabschiede ich mich. Sie sagte, ihr Geburtstag sei noch der beste Tag gewesen. Was ist passiert? Die letzten Meilen bis zur Kanzlei zerbreche ich mir den Kopf darüber. Jane ist immer gut gelaunt, so wie eben kenne ich sie nicht. Erst die Panne mit Katie und nun gibt es auch Grund zur Sorge was meine beste Freundin betrifft. Dieser Montag startet alles andere als gut. Ich bin gespannt, welche Hiobsbotschaften mich in der Kanzlei erwarten.

Mike wollte am Freitag unbedingt das ich Urlaub mache, den ich zunächst ablehnte, dann aber schließlich nachgab. Seitdem ist viel passiert und jetzt möchte ich auf alle Fälle mit Katie ein paar Tage verreisen. Hoffentlich bleibt es dabei.

Als ich unsere Büroräume betrete, sind diese verwaist. Wo sind die alle hin? Selbst Donna ist nirgends zu sehen. *Haben wir vielleicht … nein, das kann nicht sein. Montagmorgen halten wir keine Meetings ab.* Trotzdem gehe ich über einen langen Flur zu unserem Besprechungsraum. Hinter den Milchglasscheiben kann ich etwas erkennen.

Verdammt, da sitzt die versammelte Mannschaft. Höflich klopfe ich an und öffne im nächsten Atemzug die Tür. Nach dem ersten Schritt schaue ich in die Runde und wirklich jeder hat seinen Blick auf mich gerichtet. Plötzlich ist es still, und diese Tatsache löst in mir Unbehagen aus. *Sie wissen alle, was ich getan habe! Ebenso gut hätte ich mir mit Lippenstift ,Lesbe' auf die Stirn malen können,* geht es mir sofort durch den Kopf.

»Abby, so früh habe ich dich nicht erwartet. Komm rein«, bittet mich mein Boss. Irritiert schaue ich auf mein rechtes Handgelenk, es ist neun Uhr.

»Ähm, ja, guten Morgen zusammen.«

»Guten Morgen, Ms. Crawford«, schallt es mir entgegen. Schnell schließe ich die Tür und gehe zu Donna, die mir bereits zuwinkt. Dabei spüre ich die Blicke der Kolleginnen und Kollegen auf mir. *Gott, wie peinlich!*

»Hey, du siehst so gut aus. Dein Wochenende war wohl sehr entspannend?«, flüstert meine Assistentin mir neugierig entgegen.

»Eher anstrengend, ich habe überall Muskelkater.«

»Da hatte jemand Sex, heißen, wilden und hemmungslosen Sex«, frönt sie belustigt.

»Psst«, erwidere ich. Sie ahnt etwas, ich wusste es. Ich habe das Gefühl, meine Wangen glühen wie brennende Kohlen. Würde ich meine Haare heute nicht offen tragen, könnte jeder meine knallroten

Ohren bewundern. Zum Glück erklärt Mike die Statistiken der letzten Wochen, auf die sich jeder konzentriert.

»Abby?«

»Anwesend!«

»Gab es über das Wochenende Neuigkeiten zum Bates Fall?«, möchte mein Boss wissen. Erneut sind alle Augen auf mich gerichtet.

»Ja, die Gegenseite hat die Hunde übergeben, die bereits wieder bei ihrem Frauchen sind. Der Fall sollte für uns somit abgeschlossen sein.«

»Das höre ich gern, sehr gute Arbeit! Kathleen, Sie werden mit Sophia die Abrechnung zu diesem Fall erstellen. Hat sonst noch jemand Themen?« Hat er gerade Kathleen gesagt? Wir haben keine Kollegin oder Angestellte, die so heißt. Aufmerksam schaue ich die U-förmige Sitzreihe entlang, bis mir der Atem stockt. Ganz vorne entdecke ich Janes Freundin, die Freitagabend im Blue Bird dabei war. Ich bin geliefert! Beim Hereinkommen habe ich sie komplett übersehen. Als sie mir zulächelt, wende ich meinen Blick ab.

»Kennst du die Neue?«, flüstere ich Donna fragend zu.

»Wer, Kathleen?«

»Nein, die daneben. Natürlich Kathleen.«

»Ach, die macht bei uns nur ein Praktikum, will sich wohl gerade beruflich neu orientieren«, informiert mich meine Assistentin. Heute Abend muss ich definitiv mit Jane sprechen. Warum hat sie mir davon nichts gesagt?

»Kennst du sie, Abby?«

»Nur flüchtig«, erwidere ich leise. »Guckt sie immer noch zu uns?«

»Nein. Was ist denn heute bloß mit dir los? Eben warst du noch tiefenentspannt.« *Reiß dich zusammen, reiß dich zusammen,* ermahne ich mich in Gedanken.

»Abby, du übergibst bitte wie besprochen alle aktuellen Fälle an Donna. Tracey hat deinen bewilligten Urlaubsantrag bereits vorliegen. Erhol dich gut«, sagt Mike. »Dann ran an die Arbeit.« Binnen weniger Augenblicke leert sich der Besprechungsraum. Nur meine Assistentin sitzt noch neben mir und wartet.

»Lass uns anfangen, damit du in deinen wohlverdienten Urlaub gehen kannst«, drängelt sie.

»Bist du heute auf der Flucht?«

»Definitiv nicht. Ich denke einfach nur, dass du nach über einem Jahr endlich Urlaub machen solltest. Wen auch immer du dir an Land gezogen hast, leg den Kerl richtig flach.« Donnas Worte lassen mich erleichtert schmunzeln. Sie denkt, ich hätte einen Typen kennengelernt?

»Okay, dann halten wir uns ran«, erwidere ich zufrieden.

»So kenne ich meine Sklaventreiberin«, scherzt sie amüsiert. Auf dem Weg zum Büro erkundige ich mich nach ihrem Wochenende, das wie erwartet von Partys geprägt war.

»Ich komme gleich nach«, informiere ich Donna, als Kathleen auf mich zukommt. Ich lasse meine Assistentin stehen und betrete rasch die Kaffeeküche.

»Hey, ich wusste ja gar nicht, dass du Anwältin bist«, ertönt es hinter mir. Beim Blick über die Schulter kann ich sie im Türrahmen stehen sehen und weiß, dass sie mich mustert.

»Hat Jane nichts davon erzählt?«, gebe ich mich unwissend. Privat spreche ich, außer mit meiner besten Freundin, sonst mit niemanden über meinen Job oder was genau ich im Alltag mache.

»Sie hat von dir geschwärmt, aber mit keinem Wort erwähnt, wie erfolgreich du bist. Dein Boss hält große Stücke auf dich.« Ich habe von dem Meeting zu viel verpasst und sollte Donna ausquetschen, was noch alles gesagt wurde.

»Ich mache meine Arbeit sehr gern. Wie kommt es, dass du bei uns bist?«, frage ich, um von mir abzulenken. Während ich auf die Kaffeemaschine warte, berichtet Kathleen von ihrer Neuorientierung als Anwaltsgehilfin und wie sie ausgerechnet bei uns landete. Ich frage mich, ob sie am Freitagabend beziehungsweise am Samstag etwas mitbekommen hat. Als ich bei Jane war, schlief sie noch. Und Cynthia? Plauderte die womöglich aus dem Nähkästchen? Um es zu erfahren, müsste ich Kathleen direkt darauf ansprechen, doch das werde ich hier definitiv unterlassen.

»Auch einen?«, frage ich, als mein Kaffee fertig ist, um nicht unhöflich zu erscheinen.

»Gerne, Abby.« Ich nehme eine Tasse aus dem Schrank und stelle sie unter die Maschine.

»Dauert einen Moment. Ich muss ins Büro, noch einige Dinge übergeben. Viel Spaß bei uns und viel Erfolg«, verabschiede ich mich. Weil Kathleen immer noch im Türrahmen steht, muss ich nah an ihr vorbei.

»Keine Sorge, ich werde niemandem etwas erzählen«, flüstert sie mir zu. Mein Herz schlägt mir bei diesen Worten bis zum Hals. Sie scheint mehr zu wissen, als ich vermutete. Ohne darauf zu reagieren, suche ich mein Büro auf, wo Donna schon auf mich wartet.

Zwei Stunden später, zur Mittagszeit, sind wir mit der Übergabe endlich durch.

»Das Gutachten muss bis Ende der Woche vorliegen, sonst verzögert sich der Prozess zum wiederholten Male. Ruf in deren Büro an und mach ihnen Dampf unterm Hintern«, informiere ich Donna. Aufmerksam notiert sie alle wichtigen Punkte, die ich ihr genannt habe.

»Gehen wir schnell noch zusammen Mittagessen, Abby?« Nervös schaue ich auf die Uhr. Katie wollte ihre Sachen einpacken und spätestens zum Mittag wieder bei mir sein. Nach unserem durchwachsenen Start in den Tag, möchte ich sie ungern warten lassen.

»Tut mir leid, ich bin schon verabredet«, lehne ich ab.

»Da hat dir aber jemand richtig den Kopf verdreht. Ich gönne es dir von Herzen und wünsche dir einen wunderschönen Urlaub. Genieße ihn und komm erholt zurück.«

»Danke, Donna. Halt du hier die Stellung, und wenn es brennt, kannst du mich auch anrufen.«

»Niemals, Abby!« Zum Abschied drückt sie mich kurz, dann begebe ich mich schnellstens zu meinem Wagen und fahre nach Hause.

Dort angekommen erwarte ich eigentlich Katies Porsche vor meiner Villa zu sehen. Enttäuscht stelle ich fest, dass dem nicht so ist. Nicht einmal ihr alter Wagen ist mehr da. Angespannt schaue ich auf das Armaturenbrett, um die Zeit abzulesen. Sie ist vor über vier Stunden gefahren und auch wenn wir in Ruhe reden wollten, beunruhigt es mich, dass sie noch nicht wieder da ist. Bin ich zu ungeduldig oder hat sie es sich doch anders überlegt? Nachdenklich tippe ich mit den Fingern auf dem Lenkrad herum. Ich sollte sie anrufen. Sofort vermischt sich mein Gedanke mit dem Gefühl, ihr zu nahe zu treten. Klammern ist keine gute Idee, wenn unsere momentane Situation nicht geklärt ist. Langsam schließe ich meine Augen und hole ein paar Mal tief Luft. Was ist der richtige Weg?

Minuten später entscheide ich mich, ins Haus zu gehen und abzuwarten. Vielleicht ist ihr etwas dazwischengekommen. Sie wird sich melden, da bin ich mir sicher.

Als ich den Briefumschlag auf dem Tresen entdecke, wird mir mulmig zumute. *Es war ein Fehler, ich hätte es anders machen müssen,* werfe ich mir gedanklich vor. Wir kennen uns wenige Tage und diesen Streit wollte ich so nicht. Katie fehlt mir, so viel ist mir klar.

Nachdem ich mich umgezogen habe, laufe ich unruhig durchs Haus und warte. Um die Zeit zu verkürzen, beginne ich damit, uns Mittagessen zu kochen. Vielleicht freut sie sich darüber. Beim Zubereiten schaue ich fast jede Minute einmal auf die Uhr. Jedes Mal, wenn draußen ein Auto zu hören ist, gehe ich in den Flur und warte darauf, dass es klingelt. Zu meiner Enttäuschung passiert nichts dergleichen.

Irgendwann halte ich es nicht mehr aus, hole mein Handy aus der Tasche und rufe sie an. Das Freizeichen ertönt, allerdings nimmt sie mein Gespräch nicht an. Im Glauben, sie hat es nicht klingeln gehört, versuche ich es erneut – wieder ohne Erfolg. Wo steckst du, Katie? Meine Gedanken und die Sorge um sie machen mich wahnsinnig. *Es ist alles nur meine Schuld*, rauscht es wieder und wieder durch meinen Kopf. Dazu macht sich in meiner Magengegend ein mulmiges Gefühl breit. Sie sagte am Telefon, wir würden später reden. Wie viel später?

Stunde um Stunde warte ich, doch nichts passiert. Sie steht nicht vor der Tür und ruft auch nicht zurück. Unser Essen ist kalt geworden, ohne dass ich einen Happen zu mir genommen habe. Weil ich diesen Zustand einfach nicht mehr aushalte, schnappe ich mir meine Wagenschlüssel und verlasse das Haus. Ich weiß zwar nicht genau wo Katie wohnt, aber Venice ist überschaubar und ihren Porsche kann ich theoretisch nicht übersehen.

Während ich hinüberfahre, ruft Jane an. Die habe ich völlig vergessen. Noch immer will sie dringend mit mir reden, was ich jedoch auf später verschieben muss. Katie hat im Moment Priorität und erst, wenn ich weiß was los ist, werde ich mich um alles andere kümmern. Wo sie genau wohnt, kann meine beste Freundin mir auch nicht sagen.

In Venice, das ich wenig später erreiche, kenn ich mich ganz gut aus. Ich erinnere mich an Katies Erzählung, sie hätte nur ein paar Meter bis zum Strand. Diese Information könnte hilfreich sein.

Zuerst fahre ich den letzten Häuserblock direkt am Strand entlang und halte nach ihrem Wagen Ausschau. Nebenbei versuche ich sie telefonisch zu erreichen, doch wie alle anderen Male zuvor, nimmt sie meinen Anruf nicht an. Ich werde das Gefühl nicht los, ihr könnte etwas zugestoßen sein. Wir waren sicherlich anderer Meinung was meinen Umschlag angeht, allerdings schätze ich sie nach diesem wundervollen Wochenende nicht so ein, dass sie einfach verschwinden würde. Schließlich stimmte sie heute Morgen noch zu, in Ruhe über die Sache mit dem Geld zu sprechen.

Straße für Straße kann ich nichts erkennen, was auf Katie schließen lässt, bis ich den South Venice Boulevard erreiche, eine der wenigen Hauptstraßen dieses Viertels. Da ist er! Mit rasendem Herzen biege ich nach links ab und halte hinter ihrem schwarzen Porsche. *Jetzt muss ich nur noch ihr Apartment finden,* geht es mir durch den Kopf. Sie ist hier irgendwo.

Ich steige aus und bewege mich mit zitternden Beinen auf die Hausnummer 30 zu. Am Klingelknopf klebt ein Zettel mit dem Namen Miller, hier wohnt sie nicht. Weiter zum nächsten Haus … C. Harper, P. Glandon, K. O'Neal! Ich habe ihr Apartment gefunden. Hastig drücke ich den Knopf. Einmal, zweimal, doch nichts passiert. Ich gehe zwischen unseren Autos auf die Straße, um vielleicht durch eines der Fenster etwas erkennen zu können. Blöd nur, dass ich außer weißen Vorhängen nichts sehe.

»Kann ich Ihnen helfen, Ms.?«, spricht mich eine Frau an, die mit einem kleinen Hund aus dem Haus kommt.

»Oh, hallo, ähm, ja, das können Sie vielleicht. Ich kann Ihre Nachbarin, Katie O'Neal, nicht erreichen und bin auf der Suche nach ihr. Wir waren zum Mittag verabredet und so langsam mache ich mir Sorgen«, gebe ich an.

»Kommen Sie von der Straße, sonst wird man Sie noch überfahren«, warnt sie mich. Von der Seite nähert sich ein Wagen, weshalb ich zurück auf den Bürgersteig gehe. Neugierig mustert mich die Lady von oben bis unten.

»Ich bin Abby«, stelle ich mich höflich vor und reiche ihr eine Hand.

»Patty, Katies Nachbarin, sehr erfreut. Ich glaube sie ist unterwegs. Ihr Wagen ist nirgendwo zu sehen.« Anscheinend weiß Patty noch nichts vom neuen Porsche.

»Doch, der hier«, erwidere ich mit einem Fingerzeig auf den schwarzen SUV. Verwundert schaut sie mich an, dann Katies Flitzer. Für mich ist das Fahrzeug als Gesprächsthema aber ideal, denn ich kann ihr schlecht sagen, dass Katie meine Freundin ist.

»Ich bin ihre Anwältin und wollte mit ihr die neue Versicherung durchrechnen«, spreche ich nur die halbe Wahrheit aus. Patty starrt noch immer Katies Geschenk an, besinnt sich dann allerdings.

»Vielleicht ist sie zum Strand gegangen.«

»Dort bin ich gerade vorbeigefahren und konnte sie nicht finden. Außerdem hatten wir einen Termin

und so wie ich sie kenne, ist sie immer pünktlich.«
Meine Sorge, dass ihr etwas zugestoßen ist wächst
immer weiter.

»Das ist wahr. Sie ist eine sehr zuverlässige junge
Frau, die es nur leider nicht immer leicht hat.« Patty
überlegt einen Moment lang und fragt dann, ob ich
Katie schon angerufen habe. Als ich es bestätige,
bittet sie mich in den Hausflur.

»Vielleicht ist sie eingeschlafen. Wenn du
möchtest gehen wir hinauf und klopfen bei ihr.«

»Das wäre fantastisch, Patty.« Sie lächelt und
führt im nächsten Moment ihren Vierbeiner die
Treppe hinauf. Katie wohnt im Dachgeschoss,
welches wir wenig später erreichen. Patty klopft
und wieder passiert nichts.

»Katie, ich bin es, Patty.« Keine Reaktion. Ich hole
mein Handy aus der Tasche, um sie anzurufen.
Nachdem das Freizeichen ertönt, können wir Katies
Telefon in der Wohnung klingeln hören.

»Irgendetwas stimmt hier nicht«, äußere ich
meine Bedenken.

»Ich habe für Notfälle einen Reserveschlüssel«,
erwidert Patty glücklicherweise. Sie geht hinunter
und kommt Augenblicke später damit zurück.
Während sie aufschließt, ruft sie noch einmal Katies
Namen.

»Katie, Schatz, bist du zu Hause?« Als die Tür
aufgeht, entdecke ich Katie regungslos auf dem
Fußboden.

»Oh mein Gott, Katie!«, rufe ich entsetzt und laufe sofort hinein. Nicht nur, dass ihr Kopf blutüberströmt ist, sie liegt auch in einer Blutlache. »Patty, ruf eine Ambulanz, schnell!« Hastig versuche ich an Katies Hals einen Puls zu ertasten. Nach einigen Versuchen kann ich ihn fühlen. Er ist schwach, aber sie lebt.

»Süße, kannst du mich hören?«, frage ich zu ihr hinuntergebeugt. Katie reagiert nicht, auch nicht nach dem zweiten Mal. So wie es hier aussieht, hat sie sehr viel Blut verloren. Was ist nur passiert und wie lange liegt sie hier schon auf dem Boden herum? Weil ich nicht weiß, wie schwer sie verletzt ist, lasse ich sie so liegen und sehe mich rasch in der Küche um, in der Hoffnung, einen Erste-Hilfe-Kasten zu finden.

»Sie sind unterwegs«, ruft Patty mir von der Eingangstür zu.

»Okay. Kannst du mir helfen Sie zu versorgen?« Sie zögert kurz und wirkt auf mich geschockt, dennoch nickt sie mir zu.

»Wir brauchen Verbandsmaterial, Wasser und einen Lappen«, instruiere ich sie. Patty geht sofort ins Bad, sie scheint sich hier bestens auszukennen. Nur Sekunden später kommt sie mit dem weißen Kasten zurück, den ich so dringend gesucht habe.

»Ich hole den Rest«, informiert sie mich. Ich öffne das erste Hilfe-Set, um Katie zu versorgen. Ihr Gesicht, die Haare, einfach alles ist voller Blut. Auf der Stirn entdecke ich eine Platzwunde, die ich notdürftig mit zitternden Händen versorge.

»Stirb mir nicht unter den Händen weg, Katie!«, schreie ich sie in meiner Verzweiflung an.

»Gib mir das«, sagt Patty als sie auf den blutdurchnässten Verband in meiner Hand deutet.

Die Zeit bis zum Eintreffen der Sanitäter vergeht quälend langsam. *Bitte lass sie hier, sie darf noch nicht gehen, ich brauche sie doch,* bete ich im Stillen.

Katie | Rendezvous mit dem Tod

In meinem Kopf dröhnt und donnert es wie bei einem Unwetter. Dazu ertönt ständig dieses Piepen, das mich wahnsinnig macht. Als ich langsam meine Augen öffne, kann ich nur schemenhaft etwas erkennen. Wo bin ich hier?

»Hallo?«, krächze ich fragend und spüre dabei meinen staubtrockenen Hals. Bin ich tot? »Hallo?«, probiere ich es erneut, fange dabei aber an zu Husten. Schmerzen durchziehen meinen gesamten Körper, als würde ich einen Stromschlag bekommen. Der nervtötende Ton neben mir wird immer schneller, bis jemand meinen Namen ruft.

»Ms. O'Neal, bitte bleiben Sie ganz ruhig, es ist alles in Ordnung. Samantha, ruf Dr. Park an und informiere ihn darüber, dass die Patientin aufgewacht ist.«

»Sehr wohl, Oberschwester.«

»Krankenhaus«, bringe ich mühsam hervor.

»Ja, Ms. O'Neal«, antwortet mir die Frau und ich spüre, wie sie über meinen Handrücken streicht.

»Wasser, mein Hals«, ersuche ich sie.

»Sofort, und bitte beruhigen Sie sich, hier kann Ihnen nichts passieren«, redet sie erneut auf mich ein. Sobald ich richtig sprechen kann, werde ich ihr mitteilen, dass sie dieses Geräusch beseitigen soll.

Doch zuerst wüsste ich gerne, was passiert ist und warum ich nicht richtig sehen kann.

»Ihr Wasser.«

»Ich ... nicht«, bringe ich unter Schmerzen hervor. Die Frau scheint zu verstehen, denn sie führt meine Hand zu etwas, das sich wie ein Becher anfühlt.

»Nur Schluckweise, es ist genügend da, Ms. O'Neal.«

»Okay.« Das kühle Nass an meinen Lippen ist sehr erfrischend. Ganz langsam schlucke ich immer wieder kleinere Mengen hinunter und mein Hals fühlt sich danach etwas besser an.

»Danke. Können Sie das ausmachen?«, frage ich mit dem Finger auf die Seite zeigend, von wo dieses penetrante Piepen erklingt.

»Das geht nicht, Ms. O'Neal. Dr. Park wird gleich bei Ihnen sein, nur noch einen Moment Geduld.« Ich bin in einem Krankenhaus, fühle mich hundeelend, kann nicht richtig sehen und werde mit diesem haarsträubenden Geräusch gefoltert. Wofür soll ich bestraft werden?

Ich habe kein Zeitgefühl, weiß nicht, wie lange ich hier schon liege oder was mit mir geschehen ist. Es kann nur ein Albtraum sein, aus dem ich hoffentlich gleich erwache.

»Hallo, Ms. O'Neal«, begrüßt mich wieder jemand. Dieses Mal ist es aber eine männliche Stimme. »Ich bin Dr. Park, der leitende Arzt der Intensivstation. Wie geht es Ihnen?«

»Schlecht, Doc. Intensivstation?«

»Sie sind bei uns in den besten Händen«, versichert er mir.

»Was ist passiert?«, möchte ich gerne wissen, weil ich mich irgendwie an nichts erinnern kann. Der Doktor antwortet darauf nicht, bittet mich stattdessen, für einen Moment ganz still zu liegen. Er leuchtet mir kurz in die Augen, fordert mich dann auf den Mund zu öffnen und äußert sich positiv.

»Ihr Hals ist vom Beatmungsschlauch noch etwas gerötet, aber keine Sorge, die Schmerzen werden relativ schnell nachlassen.«

»Es kratzt fürchterlich«, sage ich leise. Er erklärt mir, dass es ganz normal sei.

»Meine Augen, ich kann nicht richtig sehen.«

»Auch das ist nichts Ungewöhnliches, Ihr Körper braucht noch Zeit zur Regeneration.«

»Was ist passiert und warum bin ich hier, Doc?«, bringe ich unter Schmerzen hervor.

»Ihre Anwältin hat Sie in Ihrem Apartment in einem lebensbedrohlichen Zustand aufgefunden. Sie haben zahlreiche Prellungen und Hämatome sowie eine schwere Kopfverletzung, die vermutlich von einem Schlag herrührt. Diese hat zu einer Hirnschwellung geführt, weshalb wir Sie ins künstliche Koma versetzen mussten, um Ihren Zustand zu stabilisieren, Ms. O'Neal. Gibt es Verwandte oder Angehörige, die wir verständigen sollen?« Seine Informationen machen mich sprachlos. Ich kann mich an nichts erinnern und weiß gerade einmal, wie ich heiße.

»Ms. O'Neal?«

»Ähm, nein, keine Angehörigen«, erwidere ich knapp. »Wie lange war ich ...?«

»Im künstlichen Koma?« Als Antwort nicke ich, weil mir jedes Wort Schmerzen bereitet.

»Acht Tage. Ruhen Sie sich aus, alles andere hat Zeit. Wenn Sie etwas brauchen, betätigen Sie den Rufknopf. Gute Besserung«, lauten seine letzten Worte. Auch er streicht mir über eine meiner Hände und verlässt dann das Zimmer. Immer wieder gehen mir seine Worte durch den Kopf, die mich einfach nur verwirren. Ich fühle mich erschlagen und müde, weshalb ich die Augen schließe und hoffe, schnell aus diesem Albtraum zu erwachen.

»Das kannst du, Schlampe«, knurrt er mir in rauen Ton entgegen. Ich spüre seinen festen Griff an meinem Hals und versuche mich zu befreien. Aus lauter Verzweiflung schlage ich nach diesem Kerl, der soeben die Tür meines Apartments zugeworfen hat. Er schleudert mich an die nächste Wand und wenn ich dachte, es wäre vorbei, dann irrte ich mich. Auf einmal versetzt er mir einen harten Tritt in die Magengegend, prügelt wie wild auf mich ein, bis ich schmerzerfüllt zu Boden sinke. Ein harter Schlag trifft mich am Kopf, sodass mir schwarz vor Augen wird.

»Wenn du schreist, diese Anwältin wiedertriffst oder jemandem davon erzählst, töte ich erst sie und dann dich«, warnt er bedrohlich. »Ich scherze nicht, Miststück«, fügt er noch hinzu ...

»Nein!«, schreie ich lauthals unter Schmerzen heraus. Die Tür meines Zimmers fliegt auf und ich erkenne eine weiße Gestalt, die sich mir rasch nähert.

»Ganz ruhig, Sie sind in Sicherheit«, spricht mich jemand an. Mein Herz rast wie verrückt, meine Hände zittern und ich bekomme kaum Luft.

»Sie haben nur geträumt, Ms. O'Neal.«

»Nein«, erwidere ich zwischen zwei Atemzügen, es war kein Traum. Ich kann mich schlagartig an alles erinnern. Wie dieser Kerl mich angriff, verprügelte und mir drohte.

»Soll ich die Bereitschaftsärztin rufen, damit sie Ihnen ein Beruhigungsmittel spritzt?«, fragt mich die Krankenschwester. Mein Blick wandert über ihre sterile Uniform, bis hin zu ihrem Gesicht. Meine Sehkraft ist wieder da, ich kann sie deutlich erkennen.

»Nein«, sage ich erneut, nachdem ich mich etwas beruhigt habe. Behutsam tupft die Schwester meine Stirn trocken und trotzdem spüre ich, wie durchgeschwitzt ich bin. Die Pieptöne der Maschine, an die ich angeschlossen bin, verlangsamen sich.

»Kann ich etwas trinken?«

»Natürlich, Ms. O'Neal.« Sie hält mir einen Becher mit Wasser hin, den ich vorsichtig ergreife. Meine Hand zittert noch immer, weshalb die Schwester mir beim Trinken behilflich ist.

»Geht es Ihnen jetzt besser?«, erkundigt sie sich Augenblicke später.

»Ja, danke.«

»Ich lasse die Tür offen, wir haben Sie immer im Blick, versuchen Sie weiterzuschlafen.« Ich wünschte es wäre so einfach. Durch meinen Kopf rauschen unendlich viele Fragen. Wer war dieser Mann und wieso hat er mich angegriffen? Warum soll ich mich nicht mehr mit Abby treffen? Hat sie mich schon besucht? Weiß sie was passiert ist? So sehr ich auch nach Antworten suche, ich bekomme sie nicht.

Durch das Fenster in meinem Zimmer erkenne ich nur Dunkelheit. Es muss Nacht sein, was ich ohne Uhrzeit allerdings nicht genau bestimmen kann. Vom Gefühl her liege ich stundenlang da, kann nicht einschlafen und zerbreche mir über alle möglichen Dinge den Kopf.

Irgendwann sind die Schmerzen so groß, dass ich den Rufknopf drücke, woraufhin binnen Sekunden wieder diese Schwester neben dem Bett steht.

»Könnte ich doch ein Schmerzmittel bekommen?«

»Ich informiere umgehend die Ärztin, Ms. O'Neal.«

Abby | Ungewissheit

Auf dem Weg zur Kanzlei fahre ich, wie in den vergangenen Tagen auch, einen Umweg. Katie liegt seit über einer Woche im künstlichen Koma, damit ihre Wunden heilen können, und ich hoffe von den Ärzten Neuigkeiten zu erfahren. Anfangs wollten sie mir über ihren Zustand keine Auskunft geben, weil ich nur die Anwältin bin. Dann sprach ich mit dem behandelnden Arzt, Dr. Park, dem ich mich anvertraute und als Katies Freundin vorstellte. Im ersten Moment wirkte er etwas überrascht, verstand dann jedoch, dass wir unsere Beziehung aufgrund von beruflichen Situationen – wie ich es nannte - nach außen hin nicht preisgeben wollen. Er zeigte Verständnis und hielt mich auf dem Laufenden. Natürlich ist mir bewusst, dass sich das alles in einer rechtlichen Grauzone befindet, doch bisher war außer Patty und den Cops niemand sonst zu Besuch. Ich weiß nicht einmal, ob Katie noch Verwandtschaft oder Angehörige hat. In unserer kurzen gemeinsamen Zeit sprachen wir nicht darüber.

Mit gemischten Gefühlen stelle ich meinen Wagen auf dem Krankenhausparkplatz ab, schnappe mir die Papphalterung mit vier Kaffeebechern aus der Mittelkonsole und mache mich auf den Weg. Gestern wollten sie Katie aufwecken, was aber laut Dr. Park bis zu drei Tage dauern kann. Vielleicht ist sie schon wach und falls nicht, war ich wenigstens für einen kurzen Moment bei ihr. So, wie in den letzten Tagen, an denen ich morgens und abends an ihrem Bett saß, mit ihr redete und die Hoffnung nicht aufgab, dass alles wieder gut werden würde.

Kurz bevor ich den Empfang erreiche, klingelt mein Handy.

»Guten Morgen«, begrüße ich meine beste Freundin mit einem schlechten Gewissen. Wir haben noch immer nicht über ihr Problem gesprochen. Zum einen will sie am Telefon nicht darüber reden und zum anderen lag es auch daran, dass ich außer für Katie und meinen Job keine Zeit für andere Dinge hatte. In der letzten Woche blieb somit eine ganze Menge liegen.

»Hey, Abby. Wie geht es dir?«

»Ich bin schon wieder im Stress, habe dich aber nicht vergessen, Jane. Wie geht es dir? Du klingst, als wärst du gerade aufgestanden.«

»Bin ich auch. Der Kaffee läuft noch durch und du weißt, wie sehr ich es hasse, ohne mein Lieblingsgetränk in den Tag zu starten.«

»Oh ja, für gewöhnlich bist du ungenießbar. Darf ich mich jetzt geehrt fühlen?«, frage ich. Die Empfangsschwester schaut mich in diesem Moment mit einem Blick an, der mir wortlos zu verstehen gibt, was sie von meinem Gespräch in der Handyverbotszone hält. Und noch viel weniger gefällt es ihr, dass ich meinen Kaffee auf ihrem Tresen geparkt habe.

»Später, Süße. Kann ich nachher in der Kanzlei vorbeikommen, um mit dir etwas Geschäftliches zu besprechen?«

»Natürlich, Jane. Ich bin in ungefähr zwei Stunden dort.«

»Okay, bis dann«, verabschiedet sie sich rasch. Ich habe keine Ahnung, was mit ihr los ist. Wir konnten noch nicht einmal über Katies Situation sprechen. Nachher wird sich alles klären, denn heute habe ich kaum Termine und Mike ist in Bezug auf meinen abgebrochenen Urlaub - weil einer sehr guten Freundin Schlimmes widerfahren ist - sehr rücksichtsvoll. Ich musste versprechen meinen Urlaub baldmöglichst nachzuholen.

»Okay, mein Handy ist schon aus«, sage ich zur Schwester.

»Sie dürfen Ihre Telefonate selbstverständlich vor der Tür weiterführen«, entgegnet sie ein klein wenig angepisst. Die scheint es hier mit den Regeln sehr genau zu nehmen.

»Später gern, jetzt möchte ich erst einmal Katie O'Neal besuchen«, informiere ich sie freundlich.

»Sie kennen den Weg«, speist sie mich kurzerhand ab. *Freunde werden wir wohl nicht mehr werden*, denke ich mir und laufe an ihr vorbei.

Nachdem ich die Intensivstation erreicht habe, suche ich das Schwesternzimmer auf. Bei jedem

Besuch melde ich mich zuerst an, bekomme einen grünen Umhang samt Kappe und darf dann eigentlich immer gleich zu Katie, nur heute nicht.

»Guten Morgen, Abby«, begrüßt mich die Oberschwester.

»Guten Morgen, Paula. Ich habe euch Kaffee mitgebracht.« Vorsichtig reiche ich ihr den Papphalter ins Zimmer.

»Das ist sehr nett von dir, Abby. Ich muss dich leider noch einen Moment vertrösten. Der Doktor ist gerade bei ihr, sie ist heute Nacht aufgewacht«, informiert sie mich breit grinsend.

»Oh mein Gott! Ist das dein Ernst?«

»Es ging schneller als erwartet. Im Moment scheint sie aber noch starke Schmerzen zu haben.« Ihre Worte versetzen meiner aufgeflammten Freude einen Dämpfer.

»Das wird schon wieder, mach dir keine Sorgen. Dr. Park ist sicher gleich fertig und kann dir mehr berichten.«

»Danke, Paula.« Sie reicht mir den Umhang und die Kappe, die ich jetzt schon mal anlege. Hoffentlich dauert es nicht zu lange, ich möchte endlich wieder mit ihr sprechen. Nervös gehe ich ein paar Schritte, bis ich vor dem Raum stehe, in dem sie liegt. Durch eine Glasscheibe in der Wand kann ich Katie sehen, wie sie mit dem Doktor, der kleinere Tests mit ihr durchführt, spricht. Ich bin nervös, aufgeregt und hoffe, dass sie sich über meinen Besuch freut. Auch wenn sie mich noch nicht gesehen hat, entferne ich mich und gehe über den Flur. Schnell bemerke ich, dass es sehr schwer sein kann, Geduld zu haben.

Nach einer gefühlten halben Stunde geht endlich die Tür zu ihrem Zimmer auf. Dr. Park kommt mit einem sanften Lächeln heraus.

»Hallo, Ms. Crawford«, begrüßt er mich mit einem Handschlag.

»Hallo, Doc. Wie geht es ihr?«

»Lassen Sie uns ein Stück gehen«, schlägt er vor. Gedanklich bin ich auf gute Nachrichten eingestellt, denn immerhin ist Katie schneller aufgewacht, als der Doc es prognostizierte.

»Ms. O'Neals Körper hatte Zeit zur Regeneration, ihr Zustand ist stabil.« Seine Worte lassen mich erleichtert aufatmen, doch das war keineswegs alles, denn überraschend bleibt Dr. Park stehen und schaut mich besorgt an.

»Sie kann sich an nichts außer ihrem Namen erinnern.«

»Nein«, kommt es über meine Lippen. Ich kann auf keinen Fall glauben, was er gerade ausgesprochen hat.

»Amnesie ist bei solchen Verletzungen keine Seltenheit, Ms. Crawford. Ms. O'Neal braucht Zeit.«

»Wie lange?«

»Ich verstehe Ihre Frage nicht.«

»Wie lange braucht sie, bis sie sich wieder erinnern kann?«

»Das ist schwer einzuschätzen. Bei manchen Patienten geht es schnell, bei anderen dauert es Wochen oder Monate. Bei einigen kehrt die Erinnerung nie wieder zurück.« Kopfschüttelnd lehne ich mich an eine Wand und will es nicht wahrhaben.

»Kann man nichts dagegen tun?« Tränen sammeln sich in meinen Augen, die Dr. Park ganz sicher sehen kann. Er kommt einen Schritt näher, legt behutsam eine Hand auf meine linke Schulter und bittet mich, ihn anzusehen.

»Die Medizin kann leider nicht alles heilen, Ms. Crawford. Ich würde ihr gerne helfen, nur sind meine Möglichkeiten begrenzt. Sofern Ms. O'Neal einverstanden ist, begleiten Sie sie später an Orte, die sie kennt oder in Alltagssituationen. Alles kann ihr helfen und vielleicht kehrt ihr Gedächtnis schneller zurück«, erklärt er mir. Ohne zu zögern, würde ich all das für Katie tun. »Oberschwester Paula wird Ihnen eine Informationsbroschüre zum Thema Amnesie aushändigen. Nehmen Sie sich Zeit, lesen Sie alles in Ruhe durch, und wenn Sie dazu Fragen haben, helfen wir Ihnen sehr gern. Wir arbeiten mit hervorragenden Psychologen zusammen, die Sie auf diesem schwierigen Weg begleiten werden.« Dr. Park reicht mir ein Taschentuch und sagt mir, ich solle zu Katie gehen. Genau davor habe ich augenblicklich Angst. Sie wird mich nicht erkennen. Genau dieses Wissen lässt mir einen eiskalten Schauer über den Rücken laufen. Habe ich sie verloren? *Nein! Du wirst es nicht zulassen,* sagt eine Stimme in meinem Kopf.

»Kommen Sie«, meint der Doc. Langsam führt er mich über den Flur zurück, bis zu Katies Zimmer. Gemeinsam schauen wir durch die Scheibe, hinter der sie liegt, angeschlossen an unendlich viele Maschinen. Ihren Kopf hat sie zum Fenster gedreht, sodass sie uns nicht sehen kann.

»Haben Sie Vertrauen, Ms. Crawford«, macht Dr. Park mir Mut. Meine Hände zittern und ich weiß nicht, was mich erwartet. Schickt sie mich weg oder wird sie mir zuhören? Der Doc hat recht, ich sollte mit ihr sprechen, weshalb ich angespannt an die Tür klopfe, die Klinke herunterdrücke und hineingehe. Als Katie langsam ihren Kopf zu mir dreht, schaue ich direkt in ihre trüben Augen.

»Hallo«, sagt sie leise.

»Hallo, Katie. Erkennst du mich?« Sie schüttelt leicht ihren Kopf. Diese Tatsache versetzt mir einen tiefen Stich mitten ins Herz. Wie konnte das alles nur passieren?

»Ich bin Abby Crawford, deine Anwältin«, erkläre ich. Ihr Blick wirkt irritiert, sie kann mit mir überhaupt nichts anfangen. Ich senke mein Haupt und bin schon wieder den Tränen nahe.

»Dr. Park hat von Ihnen erzählt. Sie haben mir das Leben gerettet«, sagt sie überraschend.

»Ich habe es gern getan und du darfst mich Abby nennen«, erwidere ich. Dabei hebe ich meinen Kopf und trete ein kleines Stück dichter an ihr Bett. Das Hämatom auf ihrer rechten Wange hat sich bereits grünlich verfärbt, was bedeutet, es heilt langsam ab. Doch um ihre Stirn ist immer noch ein breiter Verband gewickelt. Dieser Anblick tut mir in der Seele weh. Die Frage nach dem WARUM erspare ich ihr, sie wird es mir ohne Erinnerung nicht sagen können.

»Danke, Abby«, flüstert sie leise. Genau in diesem Moment steigt ihre Herzschlagfrequenz an. Ich schaue auf den Monitor, an dem ich ihren nach oben schnellenden Puls ablesen kann.

»Soll ich einen Arzt rufen?«, frage ich nach, weil sie auf einmal mit einem schmerzverzehrten Gesicht daliegt.

»Ja, bitte«, bringt sie kaum verständlich hervor. Sofort renne ich hinaus zum Schwesternzimmer und bitte Paula um Hilfe, die mir bis an Katies Bett folgt. Meiner Freundin scheint es überhaupt nicht gut zu gehen.

»Oh nein, das hatte sie erst gestern Nacht«, schnauft Paula. Sie bittet mich zu warten, läuft auf den Flur und brüllt etwas von Notfall. Dann geht alles ganz schnell. Binnen Sekunden eilen Dr. Park und ein anderer Arzt herbei, um Katie zu helfen.

»Lass uns draußen warten, Abby«, sagt die Oberschwester und bringt mich hinaus.

»Was passiert mit ihr?«

»Ich weiß es nicht. Sie hat vermutlich starke Schmerzen, die durch Krämpfe ausgelöst werden. Bei Komapatienten tritt so etwas immer wieder auf.«

»Sie tut mir so leid«, säusele ich vor mich hin.

»Hab Geduld, sie ist stark und wird es schaffen.« Während wir warten, gibt Paula sich die größte Mühe, mich abzulenken. Jeden Tag der letzten Woche war es so verdammt schwer, Katie dort liegen zu sehen und nichts tun zu können. Jetzt kann ich es fast nicht ertragen, sie leiden zu sehen.

»Sie wird gleich einschlafen und sich erholen, Ms. Crawford«, informiert mich Dr. Park, nachdem er Katies Zimmer verlassen hat. Was das heißt, ist mir klar: Ich sollte jetzt gehen.

»Wenn ich etwas für sie tun kann, rufen Sie mich an«, bitte ich ihn.

»Sie haben schon alles Menschenmögliche getan. Ich muss leider zum nächsten Patienten«, verabschiedet er sich rasch. Paula nimmt mich kurz in ihre Arme, ihr geht Katies Schicksal genauso nah wie mir. Bei jedem meiner Besuche sprachen wir über die taffe und unglaublich starke junge Frau.

»Wenn ich etwas Neues erfahre, rufe ich dich an. Okay, Abby?« Nickend drehe ich mich um, gehe mit gesenktem Kopf den Flur entlang und betrete den Fahrstuhl. Das Schlimmste ist eingetreten, doch ich will es noch immer nicht wahrhaben.

Katie | Schmerzhafte Entscheidungen

Ich höre Schritte, die langsam näherkommen. Als ich meine Augen öffne, erkenne ich die Schwester, die schon vorhin bei mir war.

»Wie geht es Ihnen?«, fragt sie mich mit einem sanften Lächeln. Auf Brusthöhe entdecke ich ihr Namensschild.

»Wie nach einer wilden Partynacht, Paula«, erwidere ich.

»Aber die ist jetzt vorbei und wir kriegen Sie ganz schnell wieder fit.«

»Das wäre zu schön. Wie spät ist es?«, möchte ich gerne wissen. Draußen scheint zwar die Sonne, aber ich habe noch immer kein Zeitgefühl.

»Mittagszeit und das Ende meiner Schicht. Ich wollte noch einmal nach Ihnen sehen und fragen, ob Sie etwas brauchen.«

»Katie bitte«, entgegne ich mit mühsam ausgestreckter Hand. »Gibt es hier auch etwas zu essen?« Schmunzelnd nimmt sie meine Hand, streicht darüber und legt sie wieder aufs Bett.

»Natürlich, Liebes. Meine Kollegin kümmert sich darum. Wenn du etwas benötigst, drück bitte den Knopf. Wir möchten, dass du rasch wieder gesund wirst. Okay?«

»Okay, Paula.« Für einen Moment überlege ich, ob ich sie nach Abby fragen sollte. Sie hat mir mein Leben gerettet und sie war hier, doch ich ließ sie in dem Glauben, mich an nichts erinnern zu können. Wer auch immer mich zusammengeschlagen hat, drohte damit, Abby wehzutun und das kann ich nicht zulassen.

»Hatte ich Besuch?«, frage ich Paula, um die direkte Frage nach Abby zu umgehen.

»Deine Anwältin, Abby Crawford. Sie war seit deiner Einlieferung jeden Tag morgens und abends hier, um nach dir zu sehen. Ihr scheint gute Freunde zu sein, oder?« Gerade als ich antworten will, beiße ich mir auf die Zunge.

»Ich kann mich nicht daran erinnern, tut mir leid«, lüge ich leise.

»Mach dir keine Sorgen, das wird alles wieder, Katie. Erst päppeln wir dich richtig auf, dann kommt dein Gedächtnis ganz sicher zurück. Abby hat übrigens gesagt, wenn du einen Wunsch hast, wird sie sich sehr gern darum kümmern.« Das klingt ganz nach ihr und weil ich die Wahrheit verschweige, werde ich in die Hölle kommen. Eine andere Möglichkeit sie zu schützen gibt es aber nicht. Oder vielleicht doch? Durch die Glasscheibe in der Wand kann ich zwei Cops erkennen. Paula hat sie ebenfalls bemerkt und geht zu ihnen hinaus. Der Piepton meiner Herzfrequenz wird schneller, er verrät meine Nervosität, verdammt!

»Katie? Die beiden Herren von der Polizei möchten gerne mit dir sprechen. Fühlst du dich dazu in der Lage?«, erkundigt sich Paula höflich. Ich bin hin- und hergerissen und mir wird klar, dass ich früher oder später mit ihnen reden muss.

»Okay«, antworte ich. »Würdest du noch kurz bei mir bleiben?« Lächelnd nickt mir die Schwester zu.

»Meine Herren, treten Sie bitte ein.« Sekunden später stehen zwei große und kräftig wirkende Cops am Fußende des Bettes.

»Ms. O'Neal, ich bin Detective Collins und das ist mein Kollege Detective Havering. Wie geht es Ihnen?«

»Es ging mir schon besser.«

»Können Sie uns sagen, was Ihnen zugestoßen ist?«

»Ich würde Ihnen diese Frage gerne beantworten, aber ich kann mich an nichts erinnern.« Glücklicherweise übernimmt Paula, die die Cops davon in Kenntnis setzt, was Amnesie bedeutet. Sie schreiben auf ihren Notizblöcken mit und möchten mehr wissen, doch das unterliegt der ärztlichen Schweigepflicht.

»Tut mir leid, meine Herren, aber Ms. O'Neal sollte sich jetzt ausruhen.«

»Dafür haben wir Verständnis, Schwester. Sollte Sie sich an den Tathergang oder Einzelheiten erinnern, würden wir Sie bitten, uns unter einer dieser beiden Nummern anzurufen.« Paula nimmt eine Visitenkarte entgegen, die sie in die Tasche ihres weißen Kittels steckt.

Ich würde die Cops gerne fragen, was mit dem Täter passiert, nur dann bin ich mir sicher, dass ich mich verdächtig mache. Vor einiger Zeit traf ich eine Kundin, die Polizistin ist. Ihr Name ist Linda und ich kann mich daran erinnern, als sie in ihrem Alkoholrausch von den laschen Strafen für Körperverletzung und Vergewaltiger sprach.

»Gute Besserung und auf Wiedersehen, Ms. O'Neal«, verabschieden sich die beiden Gesetzeshüter. Paula hingegen bleibt noch kurz bei mir. Beunruhigt schaut sie auf den Monitor neben mir.

»Hast du wieder Schmerzen?«

»Ein wenig«, gebe ich zu. »Und ich mag die Cops nicht.«

»Wem sagst du das«, stimmt sie lachend zu.

»Halte ich dich von deinem Feierabend ab, Paula?«

»Nach 14 Stunden kommt es auf eine mehr auch nicht an. Du brauchst mich jetzt und ich bin gerne für dich da.« Bis es endlich etwas zu essen gibt, unterhält mich diese liebenswerte Frau mit kleinen Anekdoten aus ihrem Berufsleben.

Abby | Zerstörte Hoffnung?

»Hier ist jemand für dich«, ruft Donna in mein Büro und lässt die Tür offen stehen. Draußen entdecke ich Jane, die völlig fertig aussieht oder besser gesagt, so wie ich mich gerade fühle. Sie versucht ihr Gesicht unter einem großen Sommerhut zu verstecken, was ihr aber bei mir nicht gelingt. Dafür kenne ich sie schon zu lange und sehe mit einem Blick, wenn es ihr nicht gut geht.

»Hey, komm rein«, bitte ich sie. Schnell erhebe ich mich, um meine beste Freundin zu begrüßen.

»Hi Süße«, sagt sie und bricht plötzlich in Tränen aus. Es ist das zweite Mal, seit wir uns kennen, dass ich sie so aufgelöst erlebe. Beim ersten Mal war ihr Hund Bobby im Alter von 13 Jahren gestorben.

»Setz dich, Jane und erzähl mir, was passiert ist.« Bevor ich Platz nehme, bitte ich Donna uns zwei große Tassen Kaffee zu bringen. Als ich mich auf meinen Stuhl zurücksetze, bemerke ich etwas in Janes Gesicht ...

»Euer Kaffee«, sagt Donna wenig später mit einem kleinen Tablett in der Hand. Das ging jetzt ziemlich schnell.

»Danke dir. Schließt du bitte hinter dir die Tür?«

»Natürlich, Abby. Wenn ihr etwas braucht, ruf mich einfach.« Ich nicke meiner Assistentin zu, erhebe mich von meinem Sitzplatz und hocke mich neben Jane.

»Was ist passiert?«, frage ich, als die Tür endlich zu ist. Sofort beginnt sie wieder zu weinen, es geht ihr offenbar überhaupt nicht gut. Ich weiß zwar noch nicht warum, dennoch tut es mir leid, dass wir in den vergangenen Tagen keine Zeit füreinander hatten.

Erst als ich Jane eine Kleenex Box reiche und ihr Gesicht genauer betrachten kann, gelingt es mir, diesen Schatten zuzuordnen.

»Jane, schau mich an«, fordere ich sie auf. »Was ist passiert? Woher hast du dieses Veilchen?«

»Was meinst du?«, erwidert sie mit entsetztem Blick.

»Das Ding um dein rechtes Auge, welches du nur schlecht überschminkt hast. Darf ich?« Ohne auf ihre Antwort zu warten, nehme ich ihr behutsam den Hut vom Kopf. Jane lässt mich gewähren, senkt dann jedoch gleich wieder ihr Haupt; jemand hat sie geschlagen.

»War das David?«

»Ja«, schluchzt sie leise. »Er will die Scheidung und mir alles wegnehmen. Ich brauche deine Hilfe, Abby.«

»Ganz ruhig, Jane, die bekommst du. Erzähl mir bitte, was genau passiert ist.« Sie bricht erneut in Tränen aus und ich bin zutiefst erschüttert. Ich kenne David kaum, aber ich hatte nie den Eindruck, dass er seiner Frau wehtun würde.

Meine beste Freundin braucht einen Moment, um sich wieder zu beruhigen. Nachdem sie einen Schluck Kaffee getrunken hat, holt sie mehrmals tief Luft. Ich sitze mit einem Notizblock bereit, um jedes Detail zu notieren.

»Heute ist es genau eine Woche her. David kam betrunken nach Hause und faselte von anderen Frauen und dass er es nicht länger hinnehmen würde, was für eine Hure ich doch geworden bin. Ich versuchte ihn zu beruhigen, weil ich überhaupt nicht verstand, worauf er hinauswollte. Er packte mich am Hals, würgte mich und stieß mich rückwärts an eine Wand. Sein Atem stank widerlich nach Schnaps, es war kaum auszuhalten«, schildert sie ihre Erlebnisse.

»Meinte er vielleicht deinen Geburtstag? Die Nacht mit Cynthia, Kathleen und Carla?«

»Davon hat er nichts mitbekommen, Abby. David verschwand, als du ankamst und war erst zwei Tage später wieder da.«

»Wo war er so lange?«, möchte ich gerne wissen.

»Einer seiner Kollegen ist Vater geworden und zur Feier der Geburt sind sie aufs Meer hinausgefahren, um zu fischen und sich zu betrinken.«

»Sollte ein frischgebackener Vater nicht eigentlich bei seiner Frau und seinem Neugeborenen sein?«

»Natürlich, das wäre das Normalste der Welt, aber frag bitte nicht nach den Details, ich kann es dir nicht erklären.«

»Okay, Jane. Dann verrate mir etwas anderes.« Ich hole Luft und überlege kurz. »Wusste David, dass du auch mit Frauen schläfst?« Überraschend lacht meine Freundin auf.

»Natürlich wusste er davon. Er hat mir damals die Frau vorgestellt, mit der ich das erste Mal Sex hatte. Sie hieß Pamela und besorgte es mir so hart, wie er es nie geschafft hat. Der Schlappschwanz fand es so geil, uns dabei zu beobachten, dass er sich bei diesem Anblick einen wichste. Seitdem habe ich mehr Sex mit meinen batteriebetriebenen Freunden und Frauen, als mit ihm. Selten bekam er es direkt mit, wenn ich mir eine gute Freundin eingeladen hatte, um einen netten Abend zu verbringen. Aber selbst dann war ich ihm gegenüber jederzeit offen und fair. Mit der Zeit interessierte er sich immer weniger für unser oder mein Sexleben.« Plötzlich kommt mir bei der Betrachtung des retuschierten Veilchens in Janes Gesicht dieser eine Gedanke in den Kopf.

»Weiß er von Katie oder hat er sie irgendwann einmal erwähnt?«

»Nein, aber er kennt Diane.«

»Diane? Du meinst die von Katies Agentur?«

»Ja, die Agenturchefin. Er hat mich ihr vorgestellt, sie mit ihren Escort-Ladys als Kundinnen für Sexy

Legs an Land gezogen und Pamela dort gebucht. So, wie ich Katie für dich buchte. Wieso fragst du danach?« In meinem Hals bildet sich augenblicklich ein dicker Kloß. Katie wurde einen Tag vor Davids Handgreiflichkeit gegen seine Frau so zugerichtet. Sie hat sich die Verletzungen keinesfalls selbst zugezogen. Laut den Ärzten waren diese auf eine schwere äußere Gewalteinwirkung zurückzuführen. Allerdings war in ihrer Wohnung nichts Ungewöhnliches, was auf Eigenverschulden schließen lässt, zu erkennen.

»Worüber denkst du nach?«, holt Jane mich aus meinen Gedanken. Sie weiß noch nicht, was Katie widerfahren ist.

»Tut mir leid, Jane, aber ich muss dir diese Fragen stellen: Ist es das erste Mal, dass David dir gegenüber gewalttätig wurde? Und hast du Kenntnis davon, ob er andere Frauen geschlagen hat?« Irritiert blickt sie mich an und schüttelt dann leicht den Kopf.

»David ist, wie ich vorhin schon sagte, ein Schlappschwanz. Solange er nicht alkoholisiert ist, kriegt der den meisten Frauen gegenüber kaum den Mund auf. Was haben deine Fragen mit Katie zu tun?«

»Sie liegt im Krankenhaus und ist heute Nacht aus dem künstlichen Koma erwacht«, spreche ich die Worte aus, die mir ein flaues Gefühl in der Magengegend bereiten. Jane meint, ich würde sie auf den Arm nehmen, doch sie weiß, dass ich über so etwas keine Scherze machen würde. Ich berichte ihr, wie jener Montag vor einer Woche ablief, ich dann nach Katie suchte und wo ich sie letztendlich fand.

»Und du glaubst, dass es zwischen Katies Übergriff und Davids Austicken eine Verbindung gibt?«, fragt meine beste Freundin entsetzt, nachdem ich sie über alles informiert habe.

»Ohne Erinnerung wird sie den Täter leider nicht identifizieren können. Aber ja, ich denke, er hat etwas herausgefunden. Hast du Katies Buchung mit der Kreditkarte bezahlt?«

»Nein, Süße, ich war am nächsten Tag bei Diane und zahlte Cash und selbst wenn, die Kartenabrechnung kommt erst am Monatsende.«

»Okay, dann versteh mich jetzt bitte nicht falsch, ich kenne David nicht gut genug, doch wenn er auf dich eingeprügelt hat und Diane kennt, kommt mir ein unheimlicher Verdacht.« Jane stellt ihre Tasse ab und nähert sich mir mit weitaufgerissenen Augen.

»Lass mich nicht dumm sterben«, platzt es aus ihr heraus.

»Katie bekam einen Anruf von Diane, eine Kundin wollte sie buchen. Sie hat allerdings abgelehnt und sagte, sie würde für unbestimmte Zeit keine Aufträge mehr annehmen. Ich weiß über diese Agentur zu wenig, dennoch vermute ich, dass die beiden Sachen irgendwie zusammenhängen«, erkläre ich.

»Also nur um es klarzustellen, nach der Aktion von letzter Woche traue ich diesem Mann alles zu. Ich weiß im Moment auch gar nicht, warum ich ihn damals geheiratet habe«, gesteht Jane. Schnell wird mir klar, dass wir mit Verdachtsmomenten nicht weiterkommen.

»Hast du bei den Cops eine Anzeige wegen häuslicher Gewalt erstattet?«

»Nein«, lautet ihre Antwort.

»Das musst du unbedingt noch tun, Jane«, rede ich auf sie ein.

»Hältst du dich noch in eurer Villa auf?«

»Auf keinen Fall! Seit er mich verprügelt hat, schlafe ich in meinem Laden. Am nächsten Tag wollte ich ein paar Sachen abholen, da waren bereits die Schlösser ausgetauscht. Der Drecksack hat aber ein Fenster offengelassen, über das ich ins Haus gekommen bin und die wichtigsten Sachen eingesammelt habe. Jetzt will er mir Sexy Legs wegnehmen und ohne irgendetwas auf die Straße setzen.« Wieder hat meine Freundin Tränen in den Augen.

»Das wird ihm nicht gelingen, vertrau mir. Du fährst jetzt bitte zuerst zu deinem Arzt, holst dir ein Attest, danach zu den Cops. Wenn das erledigt ist, schläfst du ab heute Abend bei mir. Wir finden eine Lösung und du wirst auf keinen Fall leer ausgehen«, bemühe ich mich ihr Mut zu machen.

»Wenn ich bei dir wohne, kannst du mich nicht vertreten«, wendet Jane ein.

»Das darf ich der Rechtslage nach wegen möglicher Befangenheit so oder so nicht, trotzdem werde ich den Fall mit meinem Boss besprechen und einem Kollegen übergeben, der dich vertritt. Vertrau mir bitte, Jane.«

»Okay, Süße. Kannst du mir sagen, in welchem Krankenhaus Katie liegt? Ich möchte sie gleich besuchen.«

»KP, Cadillac Avenue, West L.A. Sobald du alles erledigt hast, melde dich bitte bei mir.« Ich greife nach meiner Handtasche, um ihr meinen Haus-schlüssel zu geben. »Damit kommst du ins Haus. Sag bitte niemandem, mit Ausnahme der Cops, wo du dich auffällst. Okay?«

»Danke, Abby.«

»Bis später, Jane.«

Katie | Verzweiflung

Paula saß an meinem Bett, bis ich etwas zu essen bekam. In jeder Minute des Wartens fiel es mir so schrecklich schwer, nichts zu sagen und so zu tun, als hätte ich tatsächlich mein Gedächtnis verloren. Dass sie dabei immer wieder von Abby sprach, wie sehr sie sich bemüht und um mich sorgt, machte die Sache nicht einfacher. Am liebsten würde ich sie sofort anrufen, um ihr die Wahrheit zu sagen, doch dann bringe ich sie in große Gefahr.

Wer behauptet, das Escort-Business wäre einfach, der hat keine Ahnung. Einige wenige Male wurden Kundinnen, die mich gebucht hatten, von ihrem Partner erwischt. Männer können nicht damit umgehen, wenn sie herausfinden, dass ihre Frau sie mit einer anderen Frau betrügt, so viel Erfahrungswerte konnte ich in den letzten Jahren sammeln. Nur wem bin ich auf den Schlips getreten?

Die körperlichen Schmerzen sind wenigstens erträglicher geworden, aber dafür brummt mir der Kopf, weil ich mir diesen schon den ganzen Tag darüber zerbreche, wie mein Leben weitergehen soll.

Ein Klopfen ertönt und als ich meinen Kopf auf die Seite drehe, entdecke ich Jane hinter der Glasscheibe. Augenblicke später betritt sie mit einer Schwester das Zimmer.

»Ms. O'Neal, hier ist eine Besucherin. Sind Sie damit einverstanden?« Ich nicke ihr wortlos zu, sodass Jane sich zu mir ans Bett setzt.

»Hey, Katie. Was ist denn mit dir passiert?«

»Ich weiß es nicht.«

»Aber du weißt, wer ich bin, oder?« Das Wort *Ja* liegt mir schon auf der Zunge, jedoch lasse ich es nicht aus meinem Mund. Stattdessen schüttle ich leicht den Kopf.

»Ich bin Jane, Abbys beste Freundin, und du bist Kundin in meinem Beautysalon.«

»Okay«, erwidere ich. Sie hat ein Veilchen um ihr rechtes Auge und mir kommt der Gedanke, ob ich mich Jane, mit dem was passiert ist, anvertrauen könnte.

»Vielleicht kann ich dir helfen, dich zu erinnern«, meint sie mit einem sanften Lächeln. Sie holt aus ihrer Handtasche ein Portemonnaie, öffnet es und zieht ein Passbild heraus.

»Erkennst du diesen Mann?« Der Typ hat dunkle Haare, grüne Augen und ein breites Kinn.

»Nein, tut mir leid. Wer ist das?«

»Mein Mann, David.« Auch wenn wir uns schon eine ganze Zeit kennen, bin ich ihm noch nie begegnet.

»Hat er ...«, beginne ich und zeige mit dem Finger auf ihr Auge.

»Ja, er war es, und er wird dafür bezahlen. Abby versucht gerade herauszufinden was mit dir passiert ist und hat die Vermutung, er hätte auch dir weh-getan.« Das hat er nicht, nur kann ich es ihr schlecht sagen. Der Typ vor meinem Apartment war bulliger, hatte blonde Haare und trug einen dünnen Bart rund um seinen Mund.

»Ich weiß es nicht, Jane.«

»Okay, wir kriegen dich schon wieder hin.« Sie versprüht diesen Optimismus, den ich schon immer von ihr kenne. Auch sie bemüht sich mir möglichst viel aus der Vergangenheit zu erzählen. Wie wir uns kennengelernt haben, sie mich über die Agentur für Abby buchte und was dann geschah. Durch ihre Erzählung wird mir erst richtig bewusst, wie viel Abby an mir liegt. All diese Informationen machen mir ein immer schlechteres Gewissen. Sobald ich Dr. Park wiedersehe, muss ich mit ihm unbedingt über dieses Thema Amnesie sprechen. Meine Entschei-dung – die Wahrheit zu verschweigen - war falsch und ich bereue sie. Sobald ich weiß, wie ich Abby beschützen kann, werde ich ihr die Wahrheit sagen. Alles andere hat keinen Sinn und macht die Sache nur noch schlimmer.

»Kann ich irgendetwas für dich tun, Sweetheart?«

»Mir sagen, wie mein Leben weitergeht«, erwi-dere ich mit einem Lächeln. Jane kommt näher, ergreift meine rechte Hand und streichelt sie.

»Du bist nicht allein, Katie. Wir werden dir helfen, wo wir können. Ich verrate dir ein kleines Geheimnis: Abby hat große Angst dich zu verlieren, weil sie sich unsterblich in dich verliebt hat.« Ihre Worte treiben mir Tränen in die Augen. Abby bedeutet mir sehr viel, aber ich kann es in diesem Moment nicht einfach aussprechen.

»Habe ich etwas Falsches gesagt?«, fragt Jane nach.

»Nein, deine Worte haben mich einfach nur bewegt. Schwester Paula erzählte mir heute, wie sehr Abby sich um mich gekümmert hat. Wie soll ich ihr jemals dafür danken?«

»Sobald du dich an eure gemeinsame Zeit erinnern kannst, wird es dir leichtfallen, davon bin ich überzeugt, Katie.«

»Was ist, wenn ich mich nicht erinnere? Wenn ich keine Bindung zu ihr aufbauen kann?«

»Sie wird Geduld haben, dir Zeit geben und selbst im schlimmsten Fall alles tun, damit es dir gut geht. Abby stellt ihre Bedürfnisse hinten an, so war sie schon immer.« Jetzt kann ich meine Tränen nicht mehr zurückhalten. Kleine Wasserfälle bahnen sich ihren Weg über meine Wangen. Jane bemüht sich zwar mich zu beruhigen, doch ich kann es nicht aufhalten.

»Ich sollte jetzt langsam wieder gehen, sonst steht Abby ohne Schlüssel vor ihrem eigenen Haus«, kündigt Jane eine ganze Weile später ihr Besuchsende an.

»Du schläfst bei ihr?«

»Sie hat mich zu sich gebeten, weil ich sonst im Sexy Legs schlafen müsste, und das ist auf Dauer nicht sehr Rückenfreundlich.«

»Das ist nett von ihr. Lieber ein ordentliches Bett, als ein zu kleines Sofa. Läuft dein Laden gut?« Auf diese Frage schaut mich Jane mit einem kurzen skeptischen Blick an.

»Ähm, ja, so weit so gut. Schlaf dich aus und werde schnell wieder gesund, Sweetheart.«

»Ich gebe mir Mühe. Richtest du Abby Grüße von mir aus?«

»Verlass dich drauf«, erwidert sie mit einem Lächeln, küsst mich auf die Stirn und verlässt mein Zimmer. Obwohl meine Schuldgefühle noch größer geworden sind, tat mir Janes Besuch gut. Meine Gedanken drehen sich um die Frau, die mein Leben verändert hat und der ich nun Leid zufüge – Abby Crawford.

Als sich der Himmel langsam orange färbt, schließe ich vor lauter Müdigkeit meine Augen.

»Nein, lass sie in Ruhe!«, höre ich mich selbst schreien.

»Katie, ganz ruhig, ich bin hier«, erklingt Paulas Stimme. Noch bevor ich die Lider öffne, spüre ich ihre Hand an meinem Arm.

»Paula?«

»Ja, ich bin es.«

»Du bist wieder da«, kommt es erleichtert über meine Lippen. Sie schenkt mir ein Lächeln und drückt an den Monitoren neben mir herum. Dieser penetrante Piepton macht mir deutlich, wie sehr mein Herz rast.

»Hast du schlecht geträumt, Katie?«

»Es war furchtbar.«

»Ich habe ein paar Minuten Zeit, möchtest du darüber sprechen?«

»Nein, besser nicht, ich möchte ihn ganz schnell vergessen.«

»Okay, ganz wie du möchtest. Geht es dir gesundheitlich besser?«

»Die Schmerzen sind fast weg.«

»Das ist ein gutes Zeichen. Konntest du dich schon an etwas erinnern?« Augenblicklich komme ich mir wie bei einem Verhör vor. Paula stellt mir viele Fragen, die ich ihr so schnell gar nicht beantworten kann, weil mir dieser furchtbare Traum noch nachhängt. Der Typ, der auf mich einprügelte, hatte Abby in seiner Gewalt und stach mit einem Messer auf sie ein. Kopfschüttelnd versuche ich diesen grauenhaften Gedanken zu verbannen.

»Ich lass dich erst mal in Ruhe. Melde dich, sofern du etwas brauchst«, sagt Paula. Als sie zur Tür geht, schaue ich ihr nach und sehe jemanden hinter der Glasscheibe stehen.

»Tut mir leid, Miss, aber die Besuchszeit ist seit drei Stunden vorbei.«

»Paula«, rufe ich. »Bitte lass sie.« Die Tür geht nicht zu, stattdessen nähert sich diese Polizistin.

»Hallo, Katie«, begrüßt sie mich leise.

»Hey, Linda. Was machst du denn hier?«

»Ich erfuhr gerade zum Dienstschluss von meinen Kollegen, dass du auf der Intensivstation liegst. Was ist passiert?« Ich schweige und überlege. Vielleicht kann sie mir helfen, ohne Abby in Gefahr zu bringen?

Abby | Am Boden

Weit nach Sonnenuntergang steuere ich meinen Mustang direkt in die Garage neben meiner Villa. Janes Wagen steht vor der Tür, hoffentlich hat sie nicht zu lange auf mich gewartet.

Erschöpft von einem anstrengenden Tag, gehe ich langsamen Schrittes ins Haus. Dort empfängt mich ein leckerer Geruch und führt mich direkt in die Küche.

»Hey, Süße, da bist du ja endlich. Warst du noch bei Katie?«

»Nein, es war einfach viel zu spät, sie wird vermutlich sowieso schon schlafen. Wieso hast du nicht angerufen?«

»Tut mir leid, Abby. Ich bin auch erst vor einer knappen Stunde angekommen und habe es vergessen. Viel wichtiger war es mir, für meine Gastgeberin zu kochen«, erwidert sie lächelnd. Jane wirkt verändert, ganz anders als heute Vormittag in der Kanzlei. *Was ist mit ihr passiert?*

»Setz dich, ich bin gleich fertig.«

»Ich stinke fürchterlich und gehe schnell ins Bad.«

»Erst nachdem du mir gesagt hast, wo du essen möchtest. Draußen am Pool?«

»Mir egal, Jane. Sorry, ich bin einfach nicht gut drauf«, entschuldige ich mich sofort. »Lass uns hier am Tresen essen, bis gleich.« Ich ziehe mich für einen Moment ins Badezimmer zurück, wo ich hemmungslos zu weinen beginne. Dieser Tag war der absolute Horror. Erst die Gewissheit, dass Katie sich nicht an mich erinnern kann, dann Janes schlechte Nachricht zu ihrer bevorstehenden Scheidung und zu guter Letzt dieses elendige Gefühl, jemanden verloren zu haben. Die vergangene Woche hat mich so viel Kraft gekostet, dass ich kaum noch welche für mich aufbringen kann.

»Süße, du siehst völlig fertig aus. Was ist denn los?«, fragt Jane, als ich in die Küche zurückkehre.

»Die Gesamtsituation ist einfach beschissen«, fluche ich frustriert vor mich hin.

»Komm runter und iss bitte was, du musst Energie tanken.« Janes Abendessen sieht lecker aus, doch irgendwie habe ich keinen Hunger. Mühsam knabbere ich an etwas herum.

»Was ist das?«

»Zitronenhuhn mit Reis und geschmorten Tomaten. Schmeckt es dir nicht?«

»Doch, ich habe nur keinen richtigen Hunger«, antworte ich. Janes Teller ist nach wenigen Augenblicken halb geleert, ihr Appetit scheint größer als meiner zu sein. Um nicht völlig untätig dazusitzen, berichte ich ihr von meinem Termin mit Mike.

»Ich habe mit meinem Boss gesprochen und einen Plan erarbeitet, wie wir dich am besten vertreten können.«

»So wie du guckst, wird das wohl nichts«, unterbricht mich meine Freundin.

»Hör mir doch einfach zu.«

»Wenn du mir nur ein Lächeln schenkst, halte ich die Klappe bis du fertig bist.« Genervt verdrehe ich meine Augen und ringe mir ein gequältes Lächeln ab.

»Gut so, weitermachen.«

»Douglas Henderson wird deinen Fall übernehmen, sobald Davids Anwalt sich bei dir meldet. Dann verweist du ausschließlich auf ihn. Ich werde im Hintergrund alle benötigten Informationen zusammentragen und mit dem Kollegen durchgehen.«

»Klingt gut, Süße. Hast du mit Dougy schon zusammengearbeitet?«

»Mehr als einmal. Sei dir sicher, er ist der richtige Mann für diesen Fall. Dougs letzte Fälle hatten alle mit häuslicher Gewalt zu tun und die Urteile waren gerecht«, erkläre ich. Jane grinst schon die ganze Zeit so seltsam und verunsichert mich damit.

»Was?«

»Wieso grinst du die ganze Zeit?«

»Weil ich dein Gast sein darf, es mir dadurch besser geht und ich auch Neuigkeiten für dich habe«, entgegnet sie.

»Die da wären?«

»Geduld, Abby. Erzähl erst einmal weiter. Worauf muss ich noch achten?« Kopfschüttelnd lege ich meine Gabel auf den Teller und schiebe ihn von mir.

»Ich brauche das Protokoll deiner Anzeige, es wird die Sache ins Rollen bringen. Sobald du von David kontaktiert wirst, informierst du mich umgehend, damit ich alles an Douglas weitergeben kann. Ich werde einen gemeinsamen Termin vereinbaren, der voraussichtlich erst in der nächsten Woche zustande kommen wird, sodass ihr euch kennenlernen könnt und vom anderen einen ersten Eindruck erhaltet. Hat David einen Zweitschlüssel für das Sexy Legs?«

»Mit Sicherheit, aber das war das Erste, was ich habe austauschen lassen.«

»In Ordnung. Wir brauchen ganz dringend alle Unterlagen zum Erwerb der Immobilie, die Gewerbeanmeldung und die Bilanzen der letzten drei Jahre.«

»Die habe ich im Safe und morgen bekommst du sofort Kopien aller vorhandenen Unterlagen«, versichert mir Jane. Ich weiß, wie gründlich sie ihr Geschäft führt, weil es ihr wahrgewordener Lebenstraum ist.

»Okay, das waren die wichtigsten Punkte, den Rest besprechen wir zusammen mit Douglas.« Meine Freundin räumt den Tresen ab und schaltet danach die Kaffeemaschine ein.

»Für dich auch einen Espresso?«

»Nein, der würde jetzt sowieso nicht mehr helfen.«

»Stimmt, du brauchst eher was Beruhigendes.«

»Ich bin ruhig, Jane.«

»Gleich nicht mehr. Geh schon rüber auf die Couch, ich muss dir etwas Interessantes erzählen«, sagt sie mit diesem Lächeln, welches mich erneut irritiert. Nachdem sie mich nochmals dazu drängt, gebe ich nach und suche mein Sofa auf. Was wird sie mir erzählen? Jede Sekunde, die ich warten muss, macht mich noch nervöser.

»Für dich, Süße.« Jane reicht mir eine Tasse.

»Was ist da drin?«

»Beruhigungstee, mit Ananas, Zitrone, Apfel und Minze.«

»Und warum bist du der Meinung, dass ich den unbedingt brauche?«, hake ich skeptisch nach.

»Ich habe mir, wie du gesagt hast, mein Attest abgeholt und war anschließend Katie besuchen«, beginnt sie sehr mysteriös.

»Geht es ihr besser?«, frage ich. Die Enttäuschung von heute Morgen, als sie mich nicht erkannte, breitet sich in diesem Moment wieder aus. Jane hat sich inzwischen dicht neben mich gesetzt und einen Arm um mich gelegt.

»Sie wird wieder ganz die Alte, glaub mir.«

»Ja, nur ohne Erinnerung an das, was einmal war«, schnaufe ich enttäuscht. Sie fehlt mir. Ihr Lachen, die körperliche Nähe, alles an dieser Frau ist einfach wunderbar. Nur wäre es schön, wenn sie sich einfach wieder an uns erinnern könnte.

»Du sagtest, sie konnte sich an nichts erinnern. Schon mal daran gedacht, dass sie es vielleicht doch kann und nur verschweigt?«

»Ehrlich gesagt, nein. Wie kommst du zu dieser Annahme?«

»Das verrate ich dir gleich. Sag mir erst, hast du ihr vom Sexy Legs erzählt oder wie es ausgestattet ist?« Wortlos verneine ich Janes Frage kopfschüttelnd.

»Kurz bevor ich ging, erzählte ich ihr, dass ich momentan in meinem Laden schlafe, was auf Dauer problematisch für den Rücken wird. Daraufhin meinte Katie, *lieber ein ordentliches Bett, als ein zu kleines Sofa.*«

»Tut mir leid, aber ich komme nicht mit«, gebe ich ehrlich zu.

»Abby, es ist ganz einfach! Katie hat, ich glaube es war letztes Jahr zur zehnjährigen Jubiläumsfeier, eine Nacht im Sexy Legs geschlafen, auf der kleinen Couch. Woher sollte sie sonst davon wissen?«

»Ich verstehe es nicht«, erwidere ich erneut. »Mein Kopf ist für heute Matsch, ich sollte ins Bett gehen.«

»Wenn Katie ihr Gedächtnis verloren hat, kann sie sich nicht an die kleine Couch erinnern. Genau davon sprach sie aber«, platzt es aus Jane heraus.

»Warum sollte sie so tun, als könnte sie sich an nichts erinnern?«

»Keine Ahnung, vielleicht hat das mit dem Übergriff auf sie zu tun oder sie hat Angst. Ich werde es herausfinden.«

»Lass dich nicht aufhalten, Jane. Sei mir nicht böse, ich muss mich dringend hinlegen und schlafen. Du kannst dich im Gästezimmer ausbreiten und es dir bequem machen.«

»Danke, Süße. Wir reden morgen in Ruhe darüber«, antwortet sie.

»Gute Nacht.«

»Gute Nacht, Abby.« Mit schweren Beinen gehe ich hinüber ins Schlafzimmer. Völlig kraftlos lasse ich mich auf mein Bett fallen und bleibe einfach liegen.

Als ich am nächsten Morgen erwache, strecke ich mich zuerst ausgiebig. Irgendetwas riecht hier ganz fürchterlich und ich fühle mich feucht. Schnell wird mir klar, dass ich das bin, weil ich in meinen Klamotten geschlafen habe.

Die aufgehende Sonne blendet, weshalb ich mich mühsam auf die andere Seite drehe und dabei auf den Wecker blicke. Oh nein, ich habe vergessen ihn zu stellen und verschlafen. So ein Mist! Schlagartig hellwach, springe ich vom Bett und stürme ins Badezimmer.

Die Nacht war eindeutig zu kurz und dazu kommt noch der schlechte Traum mit Katie. Sie wollte nicht mehr mit mir sprechen, geschweige denn mich überhaupt sehen.

Rasch dusche ich, mache meine Haare zurecht und suche mir ein Businesskleid heraus. Heute muss alles etwas schneller gehen als sonst, weil ich schon viel zu spät dran bin.

Im Haus ist es ruhig, Jane wird sicher noch schlafen. Da ich ihr gestern meinen Schlüssel gegeben habe, schnappe ich mir aus dem kleinen Kästchen im Flur den Zweitschlüssel.

Das Frühstück muss warten, genauso wie der erste Kaffee. In Windeseile gehe ich durch den Hauseingang in die Garage und steige in meinen Wagen. Als ich ihn hinausfahre, kommt Janes Auto unsere kleine Straße hinauf.

»Guten Morgen«, begrüßt sie mich breit grinsend, nachdem sie neben mir angehalten hat.

»Morgen, Jane. Warst du Brötchen holen oder warum bist du schon unterwegs?«

»Nicht ganz«, gibt sie sich wieder geheimnisvoll.

»Ich habe verschlafen und bin spät dran, jetzt lass dir nicht alles aus der Nase ziehen«, grummele ich unter Zeitdruck.

»Ach, nichts weiter. Ich habe mir lediglich etwas Spaß gegönnt und ein paar kleinere Nachforschungen angestellt.« Sie war heute Nacht unterwegs?

»Treffen wir uns später zum Mittag und du erzählst mir davon?«, frage ich.

»Na klar, Süße. Fährst du noch zu Katie?«

»Ich werde es nicht mehr schaffen und da sie sich nicht an mich nicht erinnern kann, wird sie erst einmal ihre Ruhe vor mir haben wollen.«

»Verstehe. Ich übernehme den Krankenbesuch für dich. Übrigens, hier sind die Papiere, die du haben wolltest«, sagt Jane. Sie reicht mir eine braune Mappe, in der sich alle möglichen Unterlagen zu ihrem Laden befinden sollen. Ich werfe nur einen kurzen Blick hinein, den Rest muss ich mit Mike und Douglas besprechen.

»Danke, und bis nachher.«

»Kopf hoch, alles wird wieder gut«, bemüht sich Jane um Aufmunterung. Im Moment weiß ich nicht, was ich glauben soll. Nur eine Sache ist mir bewusst: Ich bin mehr als spät dran.

So schnell es geht, mache ich mich auf den Weg zur Kanzlei. Noch öfter sollte ich nicht zu spät kommen, denn sonst reize ich Mikes Gutmütigkeit möglicherweise zu sehr aus.

»Guten Morgen, Abby«, begrüßt mich Kathleen lächelnd, als ich den Aufzug verlasse. Sie ist wieder da, nachdem sie die letzten Tage verschiedene Kollegen zu ihren Gerichtsverhandlungen begleitete.

»Guten Morgen.«

»Hast du Jane noch getroffen?«, fragt sie.

»Ähm, ja. Wieso?«

»Sie wollte dir ihre Unterlagen bringen.«

»Die habe ich in der Tasche, danke.« So wie ich Jane kenne, hatte sie ihren Spaß mit Kathleen. In deren Gesicht kann ich leichte Augenringe erkennen. Ihre Nacht war anscheinend noch kürzer als meine.

»Bis später«, sage ich, drehe mich um und suche schnellstens mein Büro auf. Ich bin mehr als urlaubsreif, vielleicht sollte ich doch ein paar Tage freimachen und allein verreisen?

»Guten Morgen, Abby«, erklingt die freudige Stimme meiner Assistentin hinter mir.

»Morgen, Donna. Bist du so lieb und bringst mir einen Liter Kaffee?«

»Kommt sofort, Chefin. Sonst noch einen Wunsch?«

»Ich muss eine Kalkulation für einen neuen Fall erstellen, du könntest mich dabei unterstützen.«

»Die Standardtabelle für die Gütertrennung?«

»Genau die.«

»Ich kümmere mich um alles.« Irgendwie scheinen heute alle gut gelaunt zu sein, nur ich nicht.

Gähnend nehme ich auf meinem Stuhl Platz; das wird ein langer Tag.

Kurz vor der Mittagszeit steht nach stunden-langer Aufstellung der Berechnungstabelle für Janes Gütertrennung mein Fazit fest: »Das sieht gut aus und sollte uns helfen. Somit kann er ihr den Laden nicht einfach so wegnehmen.« Sie hat sehr viel ins Sexy Legs gesteckt, ihr Mann hingegen nichts.

»Gute Aussichten für einen Sieg«, fügt Donna ergänzend hinzu. Ich bin froh, dass wir genug zu tun haben, sonst würde ich mir den Kopf über alle möglichen Dinge zerbrechen.

»Vereinbare bitte schnellstmöglich einen Termin mit Douglas, leite ihn an mich weiter und bereite alle Daten auf.«

»Sehr gerne«, erwidert meine Assistentin mit ihrem Dauergrinsen.

»Hast du im Lotto gewonnen und kündigst demnächst oder warum strahlst du heute so?«

»Viel besser.«

»Dann raus damit«, fordere ich sie auf. Donna kann Neuigkeiten selten für sich behalten. Wir arbeiten schon ein paar Jahre zusammen und haben ein sehr gutes Vertrauensverhältnis zueinander; kurzum, wir sprechen prinzipiell über fast alles.

»Oh Gott, du wirst mich für verrückt erklären!«

»Das habe ich doch schon einhundert Mal getan.« Eigentlich will ich den Grund für ihre Freude gar nicht kennen, aber vielleicht bringen mich diese News auf andere Gedanken.

»Ich habe es getan«, sagt Donna.

»Du hast mit zwei Männern gleichzeitig geschlafen?«, kommt mir mein Gedanke unbeabsichtigt über die Lippen.

»Diesen Wunsch habe ich schon vor längerer Zeit abgehakt.«

»Und ich weiß bis heute nichts davon?«, gebe ich mich enttäuscht, was mir in meiner derzeitigen Gemütslage nicht wirklich schwerfällt.

»Ich hatte erst große Angst, habe es dann aber doch getan.«

»Donna!«, schnaufe ich, »Jetzt sprich nicht in Rätseln und raus damit.«

»Gestern, also abends ...« Sie hat Probleme es auszusprechen, was mir nicht neu ist, und ich werde hier vermutlich noch länger sitzen, bis sie endlich so weit ist. Langsam klappe ich mein Notebook zu, als Donna doch noch ihren Mut zusammenbekommt.

»Ich habe mit meiner besten Freundin geschlafen«, lauten die Worte, die mich zu ihr aufblicken lassen.

»Und, wie war es?«

»Eigentlich war es ein Dreier mit ihrem Freund, allerdings hat er sich nur mit ihr beschäftigt. Ich wiederum hatte das Vergnügen, von ihr verwöhnt zu werden. Hach, es war so ... anders.«

»Als du gedacht hast?«

»Ja, viel zärtlicher, intensiver und schöner«, schwärmt sie mit funkelnden Augen.

»Glückwunsch, Donna.«

»Hätte ich nicht davon erzählen sollen?«

»So war das nicht gemeint, tut mir leid. Es ist nur so, dass zu Hause im Moment nicht alles glatt läuft und ich total ausgelaugt bin«, gebe ich zu. Dieses Gespräch über Sex mit Frauen sollte ich mit meiner Assistentin nicht führen.

»Diese Freundin von dir liegt immer noch auf der Intensivstation?«, erkundigt sich Donna leise.

»Ja, und die Ärzte wissen nicht, wie es weitergeht.«

»Das tut mir wahnsinnig leid, Abby.«

»Schon okay. Lass uns zu einem besseren Zeitpunkt über deine Abenteuer sprechen, ich bin zum Mittagessen verabredet.«

»Natürlich, bis nachher.« Sie schenkt mir ein sanftes Lächeln und lässt mich allein. Im nächsten Augenblick steht Jane vor meinem Büro.

»Hey, bereit?«, fragt sie. *Die Nächste, die mich mit ihrer Fröhlichkeit überschütten will*, denke ich bei ihrem Anblick.

»Kann in einer Sekunde losgehen.« Ich schnappe mir meine Handtasche und gehe hinaus. »Wo möchtest du essen?«

»Lass uns zum Chinesen an der Ecke gehen«, schlägt Jane vor. Eigentlich habe ich - wie gestern Abend - keinen Appetit. Irgendwas muss ich aber zu mir nehmen, andernfalls wird mir meine Freundin eine Standpauke halten. Letztendlich nicke ich ihr zu.

»Wie war dein Vormittag?«

»Für dich war er gut, ich konnte mit Donna bereits deine Unterlagen durchgehen und eine grobe Kalkulation aufstellen. Deinen Laden kann er dir nicht wegnehmen, davon bin ich fest überzeugt. Leider hat der Richter immer das letzte Wort«, erkläre ich.

»Dann lassen wir uns überraschen«, erwidert Jane, ohne näher auf meine Ausführungen einzugehen. Den Rest des Weges schweigen wir uns an und sofort ist mein Kopf voller Fragen, die mich fertig machen.

»Wie geht es ihr?«, frage ich vorsichtig, nachdem wir an unserem Tisch sitzen.

»So gut, dass sie auf die normale Station verlegt wurde. Ich konnte leider nicht mit ihr sprechen, weil der Doktor gerade seine Visite durchführte.« Diese Nachrichten sind gut und dennoch wäre es viel besser, wenn Katie sich an etwas erinnern könnte. Bei diesem Gedanken spreche ich Jane auf ihre wirre Erklärung von gestern Abend an, die mir dann endlich erklärt, was genau sie ausdrücken wollte.

»Bist du absolut sicher?«, hinterfrage ich skeptisch ihre These.

»Abby, die kleine Couch steht in meinem Ruheraum, in dem nur ich mich aufhalte. Katie hat darauf genächtigt, sie kann sich daran erinnern und garantiert auch an mehr. Die Frage ist bloß, warum sie zu dem, was ihr zugestoßen ist, schweigt.« Ihre Vermutung bringt mich ins Grübeln. Mit einem Mal verspüre ich das dringende Bedürfnis, Katie zu besuchen, um herauszufinden, was hier vor sich geht. Ich will wissen was passiert ist, vielleicht kann ich ihr dann helfen. Nervös rutsche ich auf meinem Stuhl hin und her, bis Jane mit einer weiteren Info herausrückt.

»Ich habe Diane angerufen, die überhaupt nicht wusste, was passiert ist beziehungsweise dass Katie im Krankenhaus liegt.«

»Woher auch, sie hat ihr doch abgesagt und das Handy liegt sicher noch in ihrem Apartment.« Egal, was meine Freundin mir noch erzählen wird, eines ist ihr schon jetzt gelungen; ich mache mir große Sorgen um die Frau, in die ich mich verliebt habe.

Katie | Stille

»Dein Abendbrot, lass es dir schmecken«, sagt Paula, die mir gerade ein großes Tablett auf das Schränkchen neben mein Bett stellt.

»Danke.«

»Es freut mich, dich auf der normalen Station wiederzusehen. Geht es dir besser?«

»Viel besser, Dr. Park ist guter Dinge.«

»Dann wirst du uns wohl bald verlassen, nehme ich an.«

»Ich habe euch lange genug in Atem gehalten, Paula.« Unser Gespräch wird durch ein klopfendes Geräusch unterbrochen. Paula öffnet die Zimmertür, vor der Diane steht.

»Möchtest du deine Ruhe?«, wendet sich die Oberschwester an mich.

»Nein, schon okay, danke.«

»Wir sehen uns später, Katie.« Diane nähert sich mir mit einem entsetzten Gesichtsausdruck.

»Süße, was ist denn mit dir passiert?«

»Ich weiß es nicht, kämpfe noch mit der Amnesie«, antworte ich. Während sie sich neben mein Bett setzt, nehme ich das Tablett und fange an zu essen. Diane erzählt mir, wie alle anderen zuvor, wer sie ist, wie wir uns kennenlernten und das ich für sie als Escort-Dame arbeite. Nichts davon ist mir neu, doch nach dem Gespräch mit Linda gebe ich mich bewusst unwissend.

»Was wirst du tun, wenn sie dich entlassen?«, möchte sie von mir wissen.

»Ein paar Tage ausruhen und hoffen, dass meine Erinnerung zurückkommt«, erwidere ich nuschelnd mit halbvollem Mund.

»Süße, du bist bei unseren Kundinnen sehr beliebt. Falls du möchtest, vermittele ich dich nur an Tagen, an denen du dich dazu in der Lage fühlst. Das sollte den Verlust deines anderen Jobs gut ausgleichen«, bietet sie mir an. Wir hatten immer ein gutes Verhältnis und sie hat mich nie zu irgendetwas gedrängt, allerdings verschweigt sie meinen letzten Anruf, bei dem ich ihr mitteilte, vorläufig keine Aufträge mehr anzunehmen. Trotzdem bedanke ich mich für ihr Angebot. Diane reicht mir eine Visitenkarte, die ich mir genauer anschaue.

»Edles Logo, gefällt mir.« Ich weiß, wie stolz sie auf ihre Agentur ist. Genau aus diesem Grund bitte ich sie, mir mehr zu erzählen. Während sie ins Schwärmen gerät, leere ich meinen Teller. Es ist eine gute Gelegenheit, mehr von Diane zu erfahren, denn solche Gespräche haben wir nicht oft geführt und ich sollte den Schein der Unwissenheit bewahren.

»Zögere nicht und ruf mich an, falls wir etwas für dich tun können, Katie.«

»Das werde ich, sobald ich wieder ansehnlich bin«, entgegne ich und deute dabei mit einem Finger auf mein Gesicht. Laut Dr. Park dauert es noch ein paar Tage, bis die Hämatome verschwunden sind.

»So etwas wird sich nicht wiederholen, ich beschütze meine Mädchen. Erhol dich gut«, verabschiedet sich Diane. Unser Gespräch gibt mir zu denken. Warum taucht sie jetzt erst auf?

Während ich den Sonnenuntergang beobachte, betritt Paula das Zimmer und sammelt das Tablett ein.

»Wunderschön«, staunt sie beim Blick aus dem Fenster.

»Du sagst es. Solche Momente verpassen wir leider viel zu oft.«

»Wahre Worte, Katie. Brauchst du noch Schmerz- oder ein Schlafmittel?« Gähnend schüttle ich leicht meinen Kopf. Ich fühle mich müde und gerädert, heute kann ich hoffentlich ohne Medikamente schlafen.

»In Ordnung. Die Besuchszeit endet jetzt, heute wird dich niemand mehr stören. Ich sehe später noch einmal nach dir.« Einen Augenblick später bin ich allein und kann ohne ständiges Piepen der Stille lauschen.

Abby | Albtraum

»Schönen Feierabend und Kopf hoch«, sagt Donna, als sie am Ende des Arbeitstages ihren Kopf kurz in mein Büro steckt.

»Dir auch, danke.« Die Kleine ist momentan wegen dieser Dreiergeschichte völlig durch den Wind.

Als sie verschwunden ist, fahre ich meinen Computer runter; für heute sollte es genug sein. Nach dem Mittag wäre ich am liebsten direkt zum Krankenhaus gefahren, allerdings gab es hier ausreichend zu tun. Dafür werde ich jetzt einen Umweg fahren und hoffen, Katie nach zwei Tagen wiedersehen zu können.

Auf dem Weg in die Tiefgarage habe ich ein mulmiges Gefühl. In den vergangenen Tagen hatte ich es immer wieder und dieser Zustand macht mich wahnsinnig.

Erschöpft gehe ich langsamen Schrittes auf meinen Wagen zu und bemerke auf Mikes Parkplatz vor mir ein Auto, welches ich noch nie hier gesehen habe. Daraus steigt augenblicklich eine dunkle Gestalt, die auf mich zukommt. Was will der von mir?

»Ms. Crawford?«, erklingt überraschenderweise eine weibliche Stimme. Erst als die Frau näherkommt, erkenne ich sie auch als solche.

»Ähm, ja, und Sie sind?«

»Das erzähle ich Ihnen, wenn Sie eingestiegen sind.« Langsam zieht sie etwas aus ihrer Hosentasche hervor, jedoch nicht vollständig. Was ich erkennen kann, gehört zu einer LAPD Marke. *Eine Polizistin? Was will die von mir?*

»Steigen Sie ein«, bittet sie mich erneut. Aufmerksam blickt sie sich in alle Richtungen um und geht dabei langsam zu ihrem Wagen. Unsere Tiefgarage ist videoüberwacht, sodass ich weniger Sorge darum habe, dass mir etwas zustößt. Vielmehr frage ich mich, was die Lady ausgerechnet von mir möchte und ob sie ein richtiger Cop ist.

»Nun machen Sie schon«, drängt sie mich. Ich warte, bis sie eingestiegen ist, und spiele noch mit dem Gedanken einfach wegzulaufen. Viel schlimmer als jetzt kann es eigentlich nicht mehr werden, weshalb ich dann meine zitternde Hand auf den Türgriff lege und daran ziehe.

»Officer Linda Everett. Keine Sorge, Ihnen wird nichts passieren. Katie schickt mich«, flüstert mir die Polizistin zu.

»Was? Katie?«, frage ich stotternd.

»Schließen Sie die Tür, Ms. Crawford.« Rasch ziehe ich diese zu und richte meinen Blick auf die Frau neben mir.

»Also«, beginnt sie, während sie ihren Blick wiederholt durch die Garage schweifen lässt. »Sie müssen sich von ihr fernhalten, bis wir den Fall gelöst haben.«

»Wie meinen Sie das?«

»Keine Krankenbesuche und kein telefonischer Kontakt mehr. Tun sie einfach so, als würden Sie Katie O'Neal nicht kennen.«

»Das geht nicht! Wie stellen Sie sich das vor?« Ist die von allen guten Geistern verlassen?

»Sie haben keine andere Wahl, Ms. Crawford. Andernfalls sind Sie in großer Gefahr, vor der wir Sie nicht beschützen können.«

»Ich verstehe das alles nicht«, sage ich und muss dabei an Janes Erklärung mit der Couch denken. »Kann Katie sich doch an alles erinnern?«

»Je weniger Sie wissen, desto besser, vertrauen Sie uns einfach. Sobald alles vorbei ist, sehen wir uns wieder.« Nervös zappele ich mit meinen Füßen herum. Das kann alles nicht wahr sein!

»Haben Sie mich verstanden, Ms. Crawford?«

»Ja, Officer. Ich kann wohl nichts dagegen tun«, erwidere ich enttäuscht.

»Verhalten Sie sich ruhig, es ist bald vorbei.«

»Das sagen Sie so einfach.«

»Ich kann nachvollziehen, wie sie sich fühlen. Bleiben Sie stark, es kommt alles wieder in Ordnung«, verspricht sie mir. Unser Gespräch ist kurz und für mich wenig hilfreich, eher das Gegenteil ist der Fall.

»Erzählen Sie niemandem von unserem Treffen, auch nicht Ihrer besten Freundin. Passen Sie auf sich auf, Ms. Crawford.«

»Werde ich«, gebe ich leise zurück. Ich öffne die Tür und steige aus.

»Abby?«, höre ich die Polizistin nach mir rufen.

»Ja?«

»Sie hat Sie nicht vergessen und ist Ihnen sehr dankbar.« Nach diesen Worten startet sie den Motor und verlässt die Tiefgarage. Ich stehe regungslos da und versuche, das eben Geschehene zu begreifen. Dieses Auf und Ab zerrt an meinen Nerven, genauso wie die Ungewissheit, was passiert ist.

Irgendwann besinne ich mich, nehme in meinem Wagen Platz und mache mich auf den Heimweg. Unterwegs arbeitet mein Kopf auf Hochtouren. Wann wird dieser Albtraum enden und vor allem wie?

Zuhause ist es ruhig, Jane ist noch unterwegs, was mir im Moment sehr gelegen kommt. Ihren neugierigen Fragen würde ich derzeit nicht standhalten. Jane kann Menschen nämlich wie bei einem Verhör in die Mangel nehmen, bis sie die Informationen hat, die sie will. Officer Everett sagte, ich solle mit niemandem über unser Treffen sprechen. Okay, dann mache ich das eben mit mir selbst aus.

Weil mich die Gedanken nicht loslassen, streife ich mir mein Kleid und die Unterwäsche vom

Körper, ziehe einen Bikini an und lege mich am Pool in die Sonne. Vielleicht hilft mir Musik beim Abschalten. In meinem Handy suche ich mir eine Playliste mit entspannender Musik raus, stecke mir die Ohrstöpsel ein und lehne mich auf der Sonnenliege zurück.

Sie hat Sie nicht vergessen, gehen mir die Worte der Polizistin wieder und wieder durch den Kopf. Dann hätte Katie auch direkt mit mir sprechen können. Nachdem sie aus dem künstlichen Koma erwacht war, hatten wir die Gelegenheit dazu. Sie hat mich hingehalten und getäuscht, dieses Wissen tut weh. Dabei war es mein größter Wunsch, dass sie sich erinnern kann – an uns. Offenbar ist es der bessere Weg, sie für ihr Verhalten zu hassen, um genau das zu erreichen, was mir geraten wurde: Katie O'Neal nicht zu kennen. Zorn kann eine Lösung sein.

»Abby, was machst du?«, weckt mich Jane mit beunruhigter Stimme. Ich muss vor lauter Erschöpfung eingeschlafen sein.

»Wovon sprichst du?«

»Süße, du bist knallrot! Hast du dich nicht eingecremt?«

»Die Sonne geht gerade unter, es sieht nur so aus«, spiele ich die Tatsache, dass ich mich wirklich nicht geschützt habe, herunter. Auf meiner Haut spüre ich ein leichtes Brennen. Anscheinend hat die

Zeit gereicht, um sich einen Sonnenbrand einzufangen.

»Hast du etwas gegen Sonnenbrand im Haus? Das sollten wir nämlich gleich eincremen.«

»Im Badezimmer, ich gehe schon.« Gerade als ich mich bewegen will, ist Jane schon unterwegs. Augenblicke später steht sie wieder neben mir. Ich strecke meine Hand aus, bekomme stattdessen aber nur ein Kopfschütteln.

»Bleib liegen, ich kümmere mich darum.«

»Ich bin kein kleines Kind, Jane, und es brennt auch nicht wirklich«, versuche ich sie von ihrem Vorhaben abzuhalten.

»Süße, so etwas nimmt man nicht auf die leichte Schulter. Deine äußere Hautbarriere wurde geschädigt und das Risiko einer Infektion ist erhöht. Halt still und hör auf dich zu beschweren, es dauert nicht lange.« Janes Tonfall ist streng und in solchen Momenten hat es keinen Sinn, ihr Widerworte zu geben. Ehe ich mich versehe, schiebt sie mir die Träger meines Bikinis von den Schultern.

»Autsch!«, kommt es mir über die Lippen.

»Ah ja, brennt auch nicht wirklich ..., schon klar. Zieh ihn am besten aus.«

»Damit du auch was davon hast?«, hinterfrage ich mit hochgezogener Augenbraue.

»In einer anderen Situation wäre es ohne Zweifel eine heiße Sache, aber das hier ist kein Spaß, Schätzchen.«

»Schätzchen?«

»Nicht diskutieren, ausziehen und erzähl mir, wie dein Tag war.« Grummelnd öffne ich den Verschluss meines Bikinioberteils und lege es ab. Jane beginnt damit, mir den Oberkörper und die Arme einzucremen. Sanft streicht sie über meine gereizte Haut.

»Es gibt nichts zu erzählen«, erwidere ich.

»Lass mich raten: Du hattest Stress und nichts zu lachen?«

»Richtig«, antworte ich knapp.

»Es kommen wieder bessere Tage, Abby. Hast du Katie besucht?« *Genau diese Frage wollte ich nicht hören, verdammt.*

»Nein, ich war zu erledigt und hätte sie nur gelangweilt«, wiegele ich das Thema kurzerhand ab.

»Dann aber morgen?«

»Ich weiß es nicht, Jane. Vielleicht besuche ich sie erst am Wochenende, du kennst den Grund dafür.«

»Okay, okay, wir reden schon nicht mehr darüber. Sag mal, Kathleen wollte sich gleich noch mit mir treffen. Kann sie hierherkommen oder soll ich sie lieber zum Sexy Legs schicken?« Der Themenwechsel kommt mir sehr gelegen, denn so gibt sie mit ihren Fragen endlich Ruhe.

»Sie arbeitet seit kurzer Zeit bei uns und du hättest mich vorwarnen können«, werfe ich meiner Freundin vor.

»Ich bin doch nicht ihre Mum. Sie kann selbst entscheiden, wo sie arbeitet. Außerdem habe ich nicht gesagt, in welcher Kanzlei du arbeitest.«

»Egal, es war trotzdem nicht angenehm, als sie mir zuflüsterte, sie würde niemandem etwas erzählen.«

»Wovon?«

»Mensch Jane! Das ich mit Cynthia anbandeln wollte und die Sache mit Katie«, schnaufe ich genervt.

»Man bist du heute gereizt. Ich weiß doch, worauf du hinauswolltest, bin mir aber sicher, dass die Kleine niemandem etwas sagen würde.«

»Du kennst meine Bedenken. Erst heute berichtete mir meine stolze Assistentin von ihrem Dreier mit einem befreundeten Pärchen. Stell dir vor, Donna erfährt, dass ich auf Frauen stehe.«

»Ja und? Dann ist es so und in erster Linie musst du damit klarkommen, niemand sonst. Lassen wir das lange Gerede um den heißen Brei, ich treffe mich mit Kathleen einfach am Sexy Legs.« Augenverdrehend stöhne ich auf, so war das nicht beabsichtigt. Jane ist mir wichtig und ich will nicht, dass sie in Schwierigkeiten kommt.

»Heißt das so viel wie nein?«

»Das habe ich nicht gesagt, Jane. Du solltest nur bedenken, dass es vielleicht nicht die beste Option ist, mit ihr herumzuvögeln, während dein Mann dir mit der Scheidung droht.«

»Damit habe ich mich abgefunden und werde unter keinen Umständen auf meinen Spaß verzichten, den ich schon früher hatte. Außerdem kenne ich die beste Scheidungsanwältin von Los Angeles persönlich.«

»Ja, kratz dich ruhig bei mir ein. Mach, was du willst. Nur lass dich dabei nicht erwischen und schließ die Türen ab«, gebe ich nach, obwohl es mir nicht passt, dass die beiden in meinem Haus miteinander Sex haben werden. Das Gästezimmer ist weit genug vom Schlafzimmer entfernt, wodurch ich hoffentlich meine Ruhe haben werde.

»Schalte die Kameras aus, dann wird niemand etwas davon erfahren«, entgegnet Jane.

»Welche Kameras?«

»Ach Abby, du bist heute wirklich nicht gut drauf. Das war ein Spaß.«

»Und dass du gerade an meinen Nippeln herumspielst ist definitiv kein Spaß, also lass das«, grummele ich ihr zu.

»Stell dich nicht so an, die müssen auch eingecremt werden. Weißt du, wie scheiße das aussieht, wenn die sich pellen?« In diesem Augenblick wird es mir zu viel. Ich erhebe mich, nehme Jane die Creme ab und gehe hinein, direkt ins Badezimmer.

»Tut mir leid«, ruft sie mir nach. An normalen Tagen wäre es sicher witzig gewesen, nur eben heute nicht. Dieser ganze Tag ist ein verfluchter Albtraum, aus dem ich endlich erwachen will.

Katie | 10 Tage später ...

Der Blick in den Spiegel lässt mich für einen kurzen Moment lächeln. Die Hämatome sind verschwunden, ich fühle mich körperlich gut, doch mein Herz schmerzt. Fast zwei Wochen ist es her, dass ich Abby zum letzten Mal gesehen habe, und sie fehlt mir so sehr.

Seit genau zwei Tagen bin ich wieder Zuhause, in meinem Apartment, und denke in jeder freien Minute an sie. Egal, ob ich mit Pattys Hund am Strand spazieren gehe oder abends allein auf der Couch sitze, Abby ist allgegenwärtig. Es wäre ganz leicht, ich müsste sie nur anrufen oder ihr eine Nachricht schreiben. Linda hat mich allerdings davor gewarnt. Ich soll mich ruhig verhalten, bis sie diesem miesen Schwein auf die Schliche gekommen sind. Sie wollte sich um alles kümmern, auch darum, Abby zu informieren, dass sie sich keine Sorgen machen soll. Wie es ihr mit all dem geht, kann ich nur erahnen.

Die Klingel holt mich aus meinen Gedanken. Ich laufe zur Eingangstür und schaue zuerst durch den Türspion.

»Hallo Katie, du siehst heute aber hübsch aus«, begrüßt mich Patty freudestrahlend, nachdem ich ihr geöffnet habe. Zwischen ihren Beinen springt ihr süßer Hund, Mr. Big, hin und her. Der kleine Kerl scheint heute Hummeln im Hintern zu haben.

»Dankeschön«, erwidere ich mit einem Lächeln.

»Ich will vor dem Wochenende schnell meinen Wocheneinkauf machen, nur ist Mr. Big heute völlig aus dem Häuschen. Wärst du so lieb und würdest für eine Stunde auf ihn aufpassen?«

»Sehr gerne, Patty. Ich powere ihn am besten mit einer Strandrunde aus, das hilft bestimmt.«

»Eine wunderbare Idee, vielleicht gibt das kleine Energiebündel dann endlich Ruhe.«

»Mach dir keine Sorgen, wir kriegen das schon hin. Möchtest du mit meinem Wagen fahren?«, frage ich vorsichtig. Patty hat zwar einen Führerschein, allerdings kein eigenes Auto und schleppt sich mit ihren Einkäufen immer ab.

»Oh, das wäre wirklich wunderbar, Liebes.« Weil Mr. Big schon schnüffelnd durch mein Apartment läuft, hole ich rasch die Wagenschlüssel und übergebe sie an meine liebenswerte Nachbarin.

»Lass dir Zeit und mach den Kofferraum richtig voll.«

»Verlass dich darauf, Katie. Kann ich dir irgend-etwas mitbringen?« Gedanklich gehe ich durch meinen Kühlschrank, bevor ich ihr antworte: »Einen Behälter Milch, sonst habe ich alles hier.« Meine Brieftasche offenbart mir leider gähnende Leere – wieder einmal, verdammt.

»Lass gut sein. Du leihst mir deinen Wagen, also geht die Milch auf mich. Vielen lieben Dank und bis später«, verabschiedet sie sich überglücklich. Ich bin ihr sehr dankbar, weil sie in den vergangenen beiden Tagen immer wieder nach mir gesehen hat und wie ein Schießhund aufpasst, wer unser Haus betritt. Zurück zu meinem Geldproblem. Wie komme ich jetzt an ein paar Dollar? Noch immer habe ich keinen neuen Job und für Diane wollte ich eigentlich nicht mehr arbeiten. So wie es aussieht, sollte ich aber dringend einen oder vielleicht zwei Aufträge annehmen, sodass ich die nächsten beiden Wochen über die Runden komme.

»Mr. Big, lass uns spazieren gehen«, rufe ich nach Pattys Hund, der sofort angelaufen kommt und vor lauter Freude bellt. Ich stecke den Haustürschlüssel und mein Handy ein, um mit meinem Besucher hinunter an den Strand zu gehen.

Bevor wir diesen erreichen, geraten wir am Ocean Front Walk ins Stocken. Es herrscht reges Treiben, unglaublich viele Menschen sind hier unterwegs. Weil wir kaum treten können, schlängeln wir uns bis auf Höhe des Muscle Beach Fitnessstudio durch die Massen und wechseln dann zum Strand. Mr. Big ist es von seinem Frauchen gewöhnt, ohne Leine zu laufen, was er auch brav bei mir tut.

Grübelnd laufe ich neben den heranrauschenden Wellen über den Sand. Ich will es nicht und doch habe ich keine andere Wahl, kurzfristig an Geld zu kommen. Wenn ich Diane jetzt anrufe, weiß sie, wie sehr ich darauf angewiesen bin. Wüsste Abby von meinem Vorhaben, würde sie ganz sicher sauer sein. *Ich hätte ihr Geld annehmen sollen, sie meinte es nur gut,* geht es mir durch den Kopf.

Langsamen Schrittes bewege ich mich den Strand entlang, bis mir diese eine Idee kommt und ich zum Handy greife.

»Hi, Diane.«

»Hey Katie, schön dass du anrufst. Wobei kann ich dir helfen?«

»Du hast bei deinem letzten Krankenbesuch von diesem Laden erzählt, dem Sexy Legs. Steht dein Angebot noch?«

»Juckt es etwa im Schritt?«

»Ein wenig. Kannst du mir einen Termin ausmachen?«

»Ich rufe Jane sofort an. Hast du heute Abend Zeit und Lust einen Auftrag zu übernehmen, Süße?«

»Wenn diese Jane so göttlich ist wie du sagst, gerne. Hast du schon jemanden?«

»Eine Stammkundin von uns, die will dich schon seit Monaten buchen und sie zahlt richtig gut. Ich mache das gleich klar.« Das könnte meine Brieftasche füllen und vielleicht muss ich dann auch nur diesen einen Auftrag übernehmen.

»Was muss ich denn genau tun?«, frage ich, weil Diane immer noch denkt, ich kann mich an nichts erinnern.

»Sie geht gerne auf Partys und möchte die hübscheste Escort-Dame, die wir haben, und das bist nun mal du. Ich denke, es ist ein reiner Begleitauftrag, damit sie ein wenig bei ihren High Society Freunden protzen kann.«

»Okay, ich probiere es einfach.«

»Super, Katie. Ich telefoniere mit Jane und melde mich gleich wieder bei dir«, sagt Diane. Mir ist nicht ganz wohl bei der Sache und trotzdem brauche ich das Geld. Hoffentlich ist es so, wie sie sagte, ein reiner Begleitauftrag.

Mr. Big ist immer in meiner Nähe, weshalb ich nur einmal Pfeifen muss.

»Komm, wir gehen nach Hause, dein Frauchen müsste gleich wieder da sein.« Hechelnd wetzt der kleine Kerl los.

Auf dem Rückweg plagt mich das schlechte Gewissen gegenüber Abby. Nicht nur, dass ich sie im Unklaren gelassen habe, nein, jetzt muss ich auch noch das tun, was ich niemals mehr wollte, seit ich diese unglaublich tolle Frau kennengelernt habe.

Kurz bevor ich mein Apartment erreiche, entdecke ich meinen Porsche. Patty ist wieder da und sie lädt gerade aus.

»Lass mich dir helfen«, sage ich, als ich neben sie trete.

»Sehr nett von dir, Katie. Schnapp dir einfach eine Kiste, ich hoffe, sie sind nicht zu schwer.« Staunend blicke ich in den Kofferraum, den sie tatsächlich vollgepackt hat.

Minuten später, nachdem wir alles entladen haben, höre ich mein Handy klingeln.

»Deine Milch und dein Schlüssel. Herzlichen Dank, Liebes«, verabschiedet sich Patty rasch. Während ich mein Apartment betrete, nehme ich den Anruf an.

»Hi.«

»Hey, ich bin es wieder, Diane. Kannst du um 5 Uhr bei Jane sein?« Das ist in knapp einer Stunde und sollte zu schaffen sein.

»Natürlich. Wo muss ich genau hin?«

»Ich schicke dir die Adresse vom Sexy Legs und die der Kundin. Sie erwartet dich gegen neun Uhr. Okay?«

»Du kannst dich auf mich verlassen, Diane.«

»Das freut mich, Süße, ich habe nie an dir gezweifelt. Zieh dir etwas Hübsches an, Jane wird dich noch passend stylen.«

»Soll ich mich danach bei dir melden?«

»Komm morgen Vormittag zur Agentur, dann bekommst du dein Geld. Die Adresse findest du auf der Visitenkarte, ich bin bis ungefähr zwölf Uhr dort.

Viel Spaß und sei nett zu unserer Kundin.« Worauf habe ich mich da bloß eingelassen?

Nervös suche ich in meinem prall gefüllten Kleiderschrank nach einem entsprechenden Kostüm. High Society Kundin bedeutet, dass es edel sein muss. Zum Glück habe ich eine kleine Auswahl exklusiver Kleider in meinem Besitz, von denen ich mich eigentlich schon längst trennen wollte.

Als ich zwei verschiedene Outfits in einer Tasche verstaut habe, dusche ich im Eiltempo, ziehe mir etwas Bequemes an und schaue auf mein Handy. Diane hat mir die Adressen geschickt. Den Weg zu Jane kenne ich, doch als ich Beverly Hills lese, fängt mein Herz wild an zu pochen. Es ist nicht Abbys Adresse, aber in ihrer Nähe. Werde ich ihr irgendwo über den Weg laufen? Insgeheim wünsche ich es mir, wobei mir einfällt, ich muss Linda noch informieren.

Unterwegs zum Wagen schreibe ich ihr eine Nachricht, wo ich hinfahre und heute Abend genau sein werde. *Sei vorsichtig und melde dich im Notfall*, lautet ihre Antwort.

Pünktlich auf die Minute fahre ich am Sexy Legs vor und zu meinem Glück gibt es nur ein paar Meter weiter in der Seitenstraße noch einen Parkplatz.

»Hallo Katie, ich habe dich schon erwartet. Geh gleich vorne links rein«, ruft Jane mir von ihrem Tresen aus zu. In diesem Zimmer steht eine Massageliege und es riecht lieblich.

Nachdem ich meine Tasche abgestellt habe, beginne ich mich auszuziehen.

»Du hattest Glück, meine letzten beiden Kundinnen haben kurz vor Dianes Anruf abgesagt«, informiert mich Jane, als sie den Raum betritt. Sie schließt die Tür und drückt mich kurz zur Begrüßung. »Wann haben sie dich entlassen, Süße?«

»Vor zwei Tagen«, antworte ich.

»Geht es dir wieder besser?«

»Viel besser, danke dir.« Obwohl ich es erwartet habe, fragt Jane nicht nach, ob ich meine Erinnerung zurückerlangt habe.

»Okay, dann lass uns anfangen. Massage, Waxing und Styling wie immer?«, möchte sie stattdessen wissen.

»Ähm, ja. Ich habe mir zwei verschiedene Outfits eingepackt, falls dir das hilft.«

»Natürlich. Jetzt leg dich hin und entspann dich für einen Moment«, entgegnet sie lächelnd. Ich lege mich auf die Liege, sodass Jane mit der Massage beginnen kann. Sie hat göttliche Hände und kann das richtig gut.

Mittendrin schlafe ich beinahe ein. Genau zu diesem Zeitpunkt hört sie überraschend auf.

»Dann dreh dich mal um, Süße.« Wie immer beim Enthaaren, erzählt sie mir von lustigen Pannen ihrer Kundinnen und was sie alles schon erlebt hat. Allgemein ist sie heute – was das Thema Smalltalk angeht – viel ruhiger als sonst.

»Autsch«, entweicht es mir, als sie den ersten Wachsstreifen zwischen meinen Beinen abzieht.

»Geht es?«

»Ja, ich hätte nur früher zu dir kommen sollen.«

»Das war ja etwas schwierig. Wir beseitigen den Urwald und dann kommst du wieder regelmäßig. Einverstanden?« Lächelnd nicke ich ihr zu. Diane bezahlt die Rechnung, aber nur, wenn ich Aufträge annehme. Je nachdem, was heute Abend heraus- springt, hoffe ich allerdings, dass ich für die nächsten Wochen keinen weiteren benötige.

»Jetzt bist du wieder frisch im Schritt«, flachst Jane etwas später amüsiert. Nachdem sie noch meine Achseln gewachst und die Fingernägel dezent lackiert hat, bittet sie mich, mein gewähltes Outfit anzuziehen, um mich passend schminken zu können.

»Kundschaft, ich bin gleich wieder bei dir«, sagt sie, als die Türklingel ertönt.

Abby | Besondere Notfälle

»Hey! Endlich Feierabend?«, begrüßt mich Jane neugierig.

»Es wurde Zeit, jetzt habe ich endlich Urlaub.«

»Eine Woche?«

»Ganze drei Wochen, die ich mehr als nötig habe«, erwidere ich.

»Hast du hinten neben meinem Wagen geparkt?«

»Ja, Jane. Was ist denn los? Warum bist du so aufgekratzt und weshalb sollte ich unbedingt herkommen?«

»Mir sind zwei Kundinnen abgesprungen und du hast mal wieder einen Termin bei mir nötig, gerade jetzt vor deinem wohlverdienten Urlaub. Leg deine Tasche ab und geh rüber, ich mache dir einen Latte Macchiato und bin sofort da.« Augenverdrehend tue ich, wie mir geheißen. Keine Ahnung ob sie heute zu viel Kaffee getrunken hat, aber anscheinend kann sie nicht warten, bis wir uns später Zuhause sehen.

»Dann will ich aber das volle Verwöhn-Programm.«

»Süße, du bekommst viel mehr als das«, ruft sie mir nach. *Jane wird mich nicht flachlegen!* Mit diesem Gedanken öffne ich die Tür zum Behandlungsraum. Darin steht ein kleiner Paravent, der Sichtschutz vor neugierigen Blicken von draußen geben soll, und dahinter bewegt sich etwas.

»Ihr habt zehn Minuten«, erklingt Janes Stimme hinter mir. Irritiert drehe ich mich um und sehe, wie sie die Tür schließt.

»Hi, Abby«, sind die Worte, die mein Herz beinahe zum Stillstand kommen lassen, bevor es zu rasen beginnt.

»Katie?« Oh mein Gott, sie ist es wirklich!

»Was machst du denn hier?«

»Jane hat mich angerufen und sagte, ich solle dringend vorbeikommen«, antworte ich leise. Meine Augen wandern über ihren zarten Körper, der in ein langes schwarzes Kleid gehüllt ist. So wunderschön habe ich sie noch nie gesehen, und das verschlägt mir die Sprache.

»Dann hat sie unser Treffen eingefädelt«, sagt Katie lächelnd. Ganz langsam kommt sie immer weiter auf mich zu. Ich spüre, wie mein ganzer Körper vor lauter Aufregung zittert.

»Darf ich dich umarmen, Abby?« Mit einem Mal bricht ein Damm, mir kommen die Tränen und ich lege meine Arme um sie.

»Warum hast du das getan?«, schluchze ich weinend vor lauter Schmerz.

»Ich musste es tun, du bist in Gefahr«, flüstert sie an meinem Ohr.

»Du hättest es mir sagen können, anstatt diese Polizistin zu schicken. Weißt du, was ich für Höllen-qualen leide?«

»Es tut mir so unendlich leid, Abby. Du fehlst mir wahnsinnig und sobald das hier vorbei ist, werden wir uns wiedersehen, das verspreche ich dir.« Ihre Worte sind zu schön, als dass ich sie hier und jetzt glauben könnte. Die vergangenen zwei Wochen waren der absolute Horror. Für mich genauso wie für Jane, sofern sie da war. Fast jeden Abend drehten sich unsere Gespräche beim Essen um Katie. Wie wir uns kennen- und lieben lernten. Natürlich erwähnte ich nie etwas von Officer Everett und hielt mich bis heute an das, was sie mir geraten hat. Ich vergoss viele Tränen aus Angst, sie nie wieder zu sehen, dass ihr etwas zustoßen könnte und ich sie nicht kontaktieren durfte.

»Abby, schau mich bitte an«, haucht Katie mir zu. Bevor ich sie loslasse, wische ich mühsam meine Tränen weg.

»Ja?«

»Sie hat es wieder getan und darüber bin ich sehr froh.«

»Du meinst Jane?« Wortlos nickt sie mir zu, legt ihre Hände auf meine Wangen und berührt meine Lippen mit den ihren. Ich habe es vermisst sie zu küssen, zu spüren, zu riechen ...

»Wie lange muss ich noch warten?«, frage ich mit zitternder Stimme.

»Wenn sie das Schwein erwischt haben, führt mich mein erster Weg zu dir. Ich möchte nicht, dass dir das Gleiche widerfährt wie mir, deshalb hab noch ein wenig Geduld.«

»Es ist schwer, du fehlst mir so sehr.«

»Du mir auch, Abby.« Als die Tür aufgeht, fahre ich erschrocken zusammen.

»Hey, ihr Turteltauben«, sagt Jane breit grinsend. »Ich muss euch leider stören, die Zeit drängt.«

»Wieso?«, hinterfrage ich verunsichert. Katie löst ihre Umarmung, um mir dann tief in die Augen zu schauen.

»Vertraust du mir immer noch?«

»Natürlich, Baby.«

»Ich habe einen Auftrag angenommen und bitte dich, nicht böse zu sein.«

»Aber warum? Du sagtest doch am Telefon zu Diane ...«

»Psst«, unterbricht sie mich mit einem Finger auf den Lippen. »Ich weiß, aber ich habe so ein Gefühl, dass dieses Schwein dort draußen herumläuft. Wir werden herausbekommen, was passiert ist, bis dahin versprichst du mir bitte, in Sicherheit zu bleiben. Geh nicht alleine weg, schließ immer deine Türen ab und vertrau mir«, bittet sie mich mit Tränen in den Augen.

»Die brauchen wir jetzt gar nicht, sonst klappt das mit dem Make-up nicht«, schreitet Jane überraschend ein. Sie schnappt sich Katie und setzt sie auf einen Stuhl. Ich kann nicht glauben, was sie mir eben erzählt hat. Warum tut sie das? Wieso können sich nicht die Cops um diese Sache kümmern?

»Abby«, sagt Katie und streckt ihre Hand nach mir aus. Jane stellt einen weiteren Stuhl neben sie, auf dem ich Platz nehme. Behutsam streiche ich über die samtweiche Haut dieser wunderschönen jungen Frau.

»Das gefällt mir, bitte so bleiben«, fordert Jane. Ich beobachte, wie sie Katie schminkt und die Haare stylt. Darin ist sie eine wahre Meisterin.

»Fertig«, verkündet sie Augenblicke später. Katie schaut mich über den großen Spiegel an der Wand schmunzelnd an.

»Gefällt es dir?« Ich nicke lediglich, weil das Wissen, dass sie so zurecht gemacht eine andere Frau treffen wird, schmerzt.

»So lasse ich dich gehen, Katie. Darf ich noch ein Foto machen?«

»Wenn du es Abby schickst, sehr gerne, Jane.«

»Dann stellt euch beide hin, ich kümmere mich darum.«

»Ich sehe total verheult aus«, wende ich ein. Die beiden interessiert dieser Umstand allerdings nicht. Katie holt mich zu sich, während Jane schon mit dem Handy bereitsteht. Notdürftig trockne ich meine Augen, um halbwegs vernünftig auf den Bildern auszusehen.

»Lachen, Mädels.« Es fällt mir schwer, denn gleich wird Katie weg sein und noch immer weiß ich nicht, wann wir uns wiedersehen werden. »Okay, alles im Kasten.«

»Ich muss leider los, sonst komme ich zu spät. Jane, lässt du uns noch eine Minute allein?«

»Selbstverständlich, ich warte draußen.« In diesem Augenblick wünsche ich mir, die Zeit bliebe einfach stehen. Nur für uns, hier und jetzt.

»Wir werden uns wiedersehen und sofern du noch möchtest, fahre ich dann mit dir in den Urlaub, egal wohin«, haucht mir Katie sanft in den Mund.

»Geh nicht«, flehe ich leise.

»Ich muss und dafür entschuldige ich mich aufrichtig bei dir.« Erneut bahnen sich Tränen einen Weg über meine Wangen. Ich will sie nicht gehen lassen, will sie nicht verlieren und doch weiß ich, dass sie nicht bleiben kann.

Katie küsst mich so leidenschaftlich, wie an unseren ersten Tagen. Langsam löst sie ihre zitternden Hände von mir, nimmt ihre Tasche und geht zur Tür.

»Ich liebe dich, Abby Crawford«, flüstert sie mir zu.

Katie | Die dunkle Seite

Schweren Herzens verlasse ich das Sexy Legs, steige in meinen Wagen und kämpfe mit den Tränen. *Du darfst nicht weinen, sonst ruinierst du Janes Arbeit*, sage ich in Gedanken zu mir selbst. Stattdessen schlage ich frustriert einige Male auf das Lenkrad. Ich würde alles dafür tun, um bei Abby bleiben zu können. Doch welchen Preis hätte meine Entscheidung?

Der Motor läuft, ich sollte es einfach hinter mich bringen. In 30 Minuten ist es neun Uhr, dann muss ich bei der Kundin sein. Diane mag es nicht, wenn sich ihre Mädchen verspäten. Gedankenverloren fahre ich rüber nach Beverly Hills. Ich weiß nicht, was mich erwartet, und eigentlich ist es mir auch egal, denn es ist ein Job, den ich professionell erledigen werde.

Vor einem luxuriös wirkenden Anwesen stelle ich meinen Wagen hinter einer Reihe von anderen Fahrzeugen am Straßenrand ab. Es scheint so, als wäre die Party schon in vollem Gange. Noch sind ein paar Minuten Zeit, weshalb ich erst einmal sitzen bleibe, um mir einen Überblick zu verschaffen. Binnen weniger Augenblicke gehen immer wieder Leute an ein eisernes Tor, zeigen etwas vor und werden von zwei Wachleuten eingelassen. Ich schätze die meisten von ihnen auf Anfang bis Mitte vierzig. Der Kleidung nach zu urteilen sind hier alle steinreich. Hoffentlich ist mein Kleid angemessen für diese Art von Party.

Bevor ich aussteige, erledige ich noch einen wichtigen Anruf. »Hi, ich bin jetzt vor Ort, Cherokee Lane, Beverly Hills. Okay, danke.« Linda ist informiert und kann mir im Fall des Falles hoffentlich helfen.

»Guten Abend, Ms., Ihre Einladung bitte«, begrüßt mich einer der Sicherheitskräfte am Tor.

»Ich habe keine, Ms. Kingston hat mich telefonisch angefordert«, erkläre ich.

»Wir klären das sofort, einen Augenblick bitte, Ms.« Der Typ geht in ein kleines Häuschen, um wohl drinnen anzurufen. Sekunden später steht er lächelnd wieder vor mir.

»Die Herrin des Hauses wird Sie persönlich abholen.«

»Toller Service, herzlichen Dank«, erwidere ich freundlich. Weil weitere Gäste eintreffen, trete ich einen Schritt auf die Seite und mustere in der Zwischenzeit die monströse Villa durch das massive, eiserne Tor. Davor stehen vielleicht ein Dutzend dunkle Limousinen und ich kann Butler sowie Dienstmädchen erkennen, die mit Tabletts umherlaufen. *Wie dekadent*, geht es mir durch den Kopf.

»Katie, schön dass du kommen konntest«, ruft mir eine Dame zu, die optisch weitaus älter wirkt als Jane. Sie trägt ein weißes Etuikleid, schulterlanges, offenes blondes Haar und dazu viel goldenen Schmuck. Sie fordert die Wachmänner auf, mir Einlass zu gewähren.

»Hallo, Ms. Kingston.«

»Wie lange habe ich auf diesen Tag gewartet«, flüstert sie mir bei ihrer Umarmung ins Ohr. Ihr stark riechendes Parfum wirkt sehr aufdringlich, weshalb ich froh bin, dass sie mich gleich wieder loslässt.

»Folge mir, ich möchte dir ein paar Leute vorstellen. Falls dich jemand fragt, wir kennen uns vom Jura Studium in Harvard. Du warst eine meiner Jahrgangsbesten. Bekommst du das hin?«

»Selbstverständlich, Ms. Kingston. Welche Funktion haben Sie in Harvard ausgeführt?«

»Universitätsleitung für eine Dekade.«

»Sehr beeindruckend. Legen Sie besonderen Wert auf etwas Bestimmtes? Hobbys, sportliche Aktivitäten oder ähnliches?«, hake ich gezielt nach. Für gewöhnlich geht es bei solchen Aufträgen tatsächlich nur um die Prahlerei vor den Freunden.

»Sprich mich bitte mit Olivia an und ich würde es sehr begrüßen, wenn du gelegentlich Körperkontakt aufnimmst. Den Rest bekommst du in den Gesprächen mit.«

»Wie du wünschst, Olivia«, sage ich und streiche ihr leicht über den Rücken.«

»Hervorragend, du gefällst mir, Katie. Diane hat bis jetzt nicht zu viel versprochen.« Nach einer gefühlten Meile erreichen wir endlich den Eingang dieser riesigen Festung. Einer der Bediensteten reicht mir zum Empfang ein Glas Champagner. Obwohl ich keinen Alkohol will, nehme ich es der Höflichkeit wegen an.

Im Haus herrscht Partystimmung und ich schätze, dass hier an die 100 Menschen unterwegs sind. Die Herren tragen überwiegend Smokings, die Damen von hell bis bunt allesamt Kleider.

»Wenn du etwas essen oder trinken möchtest, bediene dich bitte am Buffet oder sprich einen der Kellner an«, informiert mich Olivia.

»Vielen Dank.« Kaum habe ich meine Worte ausgesprochen, nähert sich uns lächelnd ein Mann mit silbrig grauem Haar.

»Olivia, hier steckst du, ich suche dich schon die ganze Zeit.«

»Dann muss es aber sehr wichtig sein. Harry, darf ich dir Katie vorstellen? Eine meiner Jahrgangs-besten.«

»Hallo Katie, ich bin sehr erfreut, Sie kennen-zulernen. Gestatten Sie mir die Bemerkung, dass Sie bezaubernd aussehen«, sagt er sehr freundlich, als er mir die Hand reicht. Bevor wir richtig ins Gespräch kommen können, nähern sich weitere Gäste, bis sich eine Traube um uns gebildet hat. Olivia scheint ein hohes Ansehen unter ihren Besuchern zu genießen. Voller Stolz begleitet sie mich durch die Menge und lässt sich feiern. Dabei frage ich mich, welchen Grund diese Veranstaltung eigentlich hat.

»Hallo«, spricht mich jemand von hinten an. Olivia steht ein paar Meter entfernt und unterhält sich mit jemandem, weshalb ich mich langsam umdrehe.

»Hallo«, grüße ich eine große blonde Frau, die ein ähnliches Kleid trägt wie ich.

»Du musst Katie sein. Ich bin Natascha, herzlich willkommen.«

»Vielen Dank, Natascha«, erwidere ich höflich. Aufmerksam mustert sie mich, um dann meinen Kleidergeschmack zu loben.

»Wie ich sehe, habt ihr euch schon kennengelernt«, meldet sich Olivia zurück.

»Jetzt verstehe ich, warum du unbedingt Katie wolltest. Sie ist wunderschön, Liebste.« *Hat Natascha Olivia gerade Liebste genannt?*

»Zu deinem Geburtstag nur das Beste, Darling. Lernt euch noch etwas kennen, ich sehe mal in der Küche nach, ob noch alles passt.« Ich bin etwas verwirrt, was Natascha bemerkt.

»Ich wusste nicht, dass du heute Geburtstag hast, verzeih mir bitte und herzlichen Glückwunsch«, entschuldige ich mich sofort bei ihr. Kichernd hält sie sich eine Hand vor den Mund.

»Mach dir nichts daraus, heute ist zwar mein Ehrentag, aber darum geht es bei unserer Feier nicht.«

»Ähm, sondern?«

»Olivia ist pensioniert worden, sie hat es geschafft«, sagt Natascha.

»Wow, damit habe ich jetzt ehrlich gesagt nicht gerechnet«, erwidere ich erstaunt.

»Mit 54 möchte ich dem Berufsleben auch gerne Lebewohl sagen, doch bis dahin ist noch etwas Zeit.« Diese Information verblüfft mich. Auf 54 hätte ich Olivia niemals geschätzt, weil sie jünger aussieht.

»Darf ich fragen, wie alt du bist?«, unterbricht Natascha meine Gedanken.

»Natürlich, 29«, antworte ich rasch und muss dabei an das Treffen mit Abby denken, als ich ihr aus meinem Leben erzählte.

»Oh Gott, du bist noch blutjung«, schwärmt Natascha und verrät mir, dass sie heute ihren 40. Geburtstag feiert.

»Ich brauche kurz frische Luft, entschuldigst du mich für einen Augenblick?«

»Klar, Katie. Wir sehen uns später«, entgegnet sie mit einem breiten Grinsen. Ich bahne mir einen Weg durch die Menschenmenge, um ins Freie zu kommen. Warum soll ich hier die First-Class-Studentin aus Harvard geben, wenn Olivia anscheinend ganz offen lesbisch ist? Zumindest hat sie sich vor den anderen Gästen auf den – von ihr so gewünschten – Körperkontakt in Bezug auf Natascha nicht zurückgehalten.

Kopfschüttelnd stütze ich mich an einem Geländer ab und holte tief Luft. *Mach dir nicht so viele Gedanken, konzentrier dich, es ist nur ein Job. Wenn alles gut geht, bist du bald hier raus,* geht es mir durch den Kopf. Ich wäre viel lieber bei Abby, die nach Janes Überraschung vermutlich total aufgelöst ist. Sie sah verletzt aus und mir ist bewusst, dass ich daran schuld bin. Ich wünschte, dieses ganze Drama wäre endlich vorbei, es würde mir dieses Theater hier ersparen und ich könnte bei dem Menschen sein, den ich wirklich mag – Abby Crawford.

Kurz nach Mitternacht stehe ich mit zwei Damen auf einer riesigen Terrasse und bemerke, dass immer mehr Gäste Olivias Palast verlassen.

»Katie, hast du einen Moment für mich?«, ruft die Hausherrin mir fragend mit einem Lächeln, auf den Lippen zu.

»Entschuldigen Sie mich bitte«, verabschiede ich mich von meinen Gesprächspartnerinnen. An der Eingangstür lege ich professionell einen Arm um Olivia und begleite sie hinein.

»Du bist bezaubernd und bei allen Gästen hervorragend angekommen«, lobt sie meinen Auftritt.

»Danke, du hast auch sehr nette Menschen eingeladen.«

»Einige von den Damen, die du heute Abend kennengelernt hast, sind gute Kundinnen von Diane, allerdings wissen ihre Ehemänner nichts davon«, erzählt sie. Jetzt wird mir auch klar, warum ich die Vorzeigestudentin spielen muss. Die Herren sollen nicht erfahren, was ich in Wirklichkeit mache, und die Damen durften sich an mir ergötzen. Wie auch immer, mein Job hier scheint sich dem Ende zu zuneigen – endlich.

Olivia bringt mich in ein kleines Zimmer und bittet mich, die Tür zu schließen. Dieser Raum erinnert mich tatsächlich an eine Universität. Die Wände sind mit dunklem Holz verkleidet und die Einrichtung wirkt sehr rustikal. Nachdem ich mich umgesehen habe, richte ich meinen Blick auf ihren Schreibtisch, auf den sie zwei Briefumschläge gelegt hat.

»Der ist, unabhängig der Rechnung von Diane, für dich, weil du einfach wunderbar warst«, sagt sie. Ich nehme das Kuvert entgegen, um es einzustecken. Wenn wir Trinkgeld bekommen, dürfen wir es behalten.

»Herzlichen Dank, Olivia.«

»Schau rein, bevor du ihn einsteckst«, fordert sie mich auf. Er fühlt sich fest an und ich rechne mit höchstens 50 Dollar, mehr habe ich noch nie bekommen. Auf Drängen meiner Kundin riskiere ich dann doch einen Blick.

»500 Dollar? Womit habe ich das verdient?« Das ist meine normale Gage, die ich einfach so als Bonus bekomme.

»Ich versuche dich schon seit längerer Zeit zu buchen und Diane teilte mir mit, dass es dir nicht so gut ging. Du hast dir jeden Dollar davon verdient, Katie.«

»Das ist sehr nett, Olivia. Danke nochmals«, sage ich. Im gleichen Atemzug reiche ich ihr zur Verabschiedung meine Hand, da ich fest davon ausgehe, mein Auftrag wäre an diesem Punkt beendet.

»Warte bitte, wir sind noch nicht fertig«, bringt sie mir lächelnd entgegen. Ihr Blick deutet auf den zweiten Umschlag. »Würdest du mir zu Nataschas Geburtstag noch einen Gefallen tun?« Plötzlich beschleicht mich ein mulmiges Gefühl. Es läuft anscheinend genau darauf hinaus, was ich auf keinen Fall wollte. Diane lässt uns allerdings selbst entscheiden, wie weit wir gehen. Und obwohl ich damit einen weiteren Bonus riskiere, muss ich Olivia absagen. Ich kann das nicht tun, ich will es nicht tun. Mein schlechtes Gewissen gegenüber Abby ist groß genug, wenn ich nur an ihren Blick denke, als ich ihr sagte, ich müsse einen Auftrag erledigen.

»Für intime Dienste stehe ich heute nicht zur Verfügung, tut mir leid, Olivia«, informiere ich sie freundlich.

»Wer hat denn von Sex geredet?«

»Entschuldige bitte, ich habe deine Frage wohl falsch interpretiert. Wie sieht dieser Gefallen aus?«

»Natascha feiert jetzt noch mit zwei Freundinnen und hat sich einen Striptease gewünscht. Würdest du für sie tanzen und sie ein wenig heiß machen, sodass sie später richtig hungrig auf mich ist?« Zu ihrer Frage reicht sie mir den anderen Briefumschlag, welcher sich noch dicker anfühlt, als der erste. Es ist spät, ich sollte nach Hause fahren, morgen mein Geld in der Agentur abholen und zusammen mit den 500 Dollar Trinkgeld zwei bis drei Wochen auskommen.

»Sie hat es sich so sehr gewünscht«, redet Olivia mir ins Gewissen.

»Einverstanden. Zu ihrem Geburtstag«, stimme ich schließlich zu. Mein Weg würde mich so oder so nach Hause führen, auch wenn ich gern in Beverly Hills bleiben würde, nur eben an einer anderen Adresse.

»Gott, du bist ein Engel und ahnst nicht, welch großen Wunsch du ihr damit erfüllst.« In der Tat kann ich mir nicht vorstellen, warum sie diesen Striptease ausgerechnet von mir möchte. Für Diane arbeiten noch mehr Mädchen. Wenn Olivia eine Stammkundin ist, wird sie schon häufiger die Gelegenheit dazu bekommen haben.

»Komm, gehen wir zu ihr.« Ich folge ihr hinaus zu einer breiten Treppe, die wir hinaufgehen. Am Ende eines langen Flures bleibt Olivia vor einer dunklen Tür stehen. Erneut überkommt mich dieses seltsame Gefühl …

»Sie wird wahrscheinlich vor Freude ausflippen und dich morgen gleich wieder buchen wollen. Viel Spaß und danke, Katie.« Eine zweite Buchung? In dieser Sache muss ich sie dann wohl doch enttäuschen; es ist gegen meine eigene Regel. Im Moment sage ich dazu jedoch nichts. Als sie mir die Tür öffnet, betrete ich ein großes Zimmer mit rotem Teppichboden und schwarzem Interieur. Die Atmosphäre hier drinnen erinnert mich an einen Stripclub.

»Ich verabschiede die anderen Gäste und stoße gleich zu euch«, flüstert Olivia, bevor sie die Tür hinter mir schließt. Mit langsamen Schritten bewege ich mich vorwärts, direkt auf ein kleines Podest zu, auf dem sich eine glänzende Metallstange befindet. Dahinter entdecke ich Natascha mit ihren Freundinnen auf einer Couch.

»Da ist sie! Hallo, Katie!«, ruft sie mir freudig zu.

»Hi«, fasse ich mich kurz.

»Ich dachte, du wärst schon gegangen.«

»Nicht ganz, Olivia hat mich noch auf deinen Wunsch aufmerksam gemacht.«

»Du wirst es also tun?«, fragt sie in die Hände klatschend. *Ich werde es tun, aber nur um über die Runden zu kommen.* Diesen Gedanken spreche ich zum Glück nicht aus, stattdessen nicke ich stumm.

»Oh mein Gott, oh mein Gott«, kreischt Natascha mit einem Mal los. Sie bittet mich zum Sofa, um mir ihre Freundinnen Sophia und Sonja vorzustellen. Die beiden schütteln mir mit einem freundlichen Lächeln die Hand.

»Darf ich mich noch kurz frisch machen?«, erkundige ich mich bei Natascha.

»Sehr gerne. Die Tür«, deutet sie mit einem Finger auf die andere Seite des Raumes.

»Ich bin gleich wieder da«, entschuldige ich mich.

Im Badezimmer hole ich mein Handy aus der Tasche, auf dem ich eine Nachricht von Linda entdecke. Sie möchte wissen, ob alles in Ordnung ist. Da wir vereinbart hatten, dass ich mich melde, sobald es möglich ist, antworte ich ihr kurz.

Der Blick in den Spiegel lässt mich zweifeln; ich sollte nicht hier sein. Hoffentlich ist es schnell vorbei.

Kurze Zeit später, als ich das Bad verlasse, fällt mir das beleuchtete Podest auf. Natascha und ihre Freundinnen sitzen nicht mehr auf der Couch dahinter. Wo sind sie hin?

»Hier drüben, Katie«, erklingt ihre Stimme aus einer halbdunklen Ecke, in der ein großes Bett steht. Darauf haben die drei es sich bequem gemacht, um mich scheinbar beim Tanzen zu beobachten.

»Wir sind auf deine Show gespannt«, sagt Natascha. Einen Augenblick später hallt Popmusik durch Raum. Ich habe in meiner gesamten Zeit als Escort vielleicht zwei oder drei Mal für meine Kundinnen getanzt. Zu dieser Art von Musik allerdings noch nie.

Genervt stelle ich meine Tasche auf den Boden und streife mir die High Heels von den Füßen. Ich könnte mich dafür, dass ich mich habe überreden lassen, selber ohrfeigen. *Je länger ich warte, desto länger muss ich hierbleiben,* gebe ich mir schließlich einen Ruck.

Unter lautem Applaus beginne ich auf dem Podest bei rhythmischen Bewegungen mein Kleid abzustreifen. Gott sei Dank geht es Natascha nicht schnell genug, sodass ich etwas mehr Tempo in die Sache lege.

Abby | Das Messer im Rücken

Janes Überraschung führte dazu, dass ich wieder völlig am Boden bin. In den letzten Tagen wünschte ich mir nichts mehr, als ein Lebenszeichen von Katie zu bekommen. Sie so plötzlich vor mir zu sehen und dann gehen lassen zu müssen, brachte mich an den Abgrund der Verzweiflung.

»Autsch, das tut weh!«

»Du bist heute einfach zu empfindlich, entspann dich, Süße«, ermahnt mich meine Freundin. Nach einem weiteren *Ratsch* würde ich gerne sofort von ihrer Liege springen.

»Ich erinnere dich daran, dass das Beautyprogramm deine Idee war«, schnaufe ich.

»Und du hast es auch dringend nötig, weil es noch schlimmer aussieht, als bei Katie.«

»Danke für die Aufmunterung«, erwidere ich traurig.

»Hey, schau mich an«, fordert sie. »Du wirst ihr vertrauen, du wirst Geduld haben und du wirst endlich wieder lachen. Ist das klar?«

»Ich kann nicht, Jane! Wann wird das alles vorbei sein?«

»Wenn die Zeit dafür gekommen ist, ganz einfach. Du solltest dankbar sein, dass sie dich nicht vergessen hat«, bringt sie zu meiner Überraschung hervor. Ich habe ihr nicht erzählt, dass Katie sich an mich erinnern kann und doch weiß sie davon?

»Wir fahren jetzt nach Hause, ziehen uns um und werden ausgehen. Was hältst du davon, Süße?«

»Nichts«, gebe ich plump zurück. »Ich will in mein Schneckenhaus und mich ganz tief verkriechen.«

»Das steht heute nicht zur Verfügung. Lass uns hübsch essen gehen und danach ins Kino.«

»Ich will aber nicht«, wehre ich mich.

»Du musst, keine Diskussion!« Jane ist heute hartnäckig und auch wenn ich weder auf das eine noch auf das andere Lust habe, gebe ich nach. Dieser Abend könnte sonst sehr anstrengend werden.

»So gefällst du mir wieder besser«, äußert sie sich zufrieden, nachdem sie mir wirklich das volle Beautyprogramm verabreicht hat. Wenn meine Freundin Probleme hat, wie aktuell mit ihrem Noch-Ehemann, stürzt sie sich in die Arbeit und verliert über alles andere kaum ein Wort. Manchmal beneide ich sie um diese Fähigkeit.

»Danke dir.«

»Lass uns fahren, ich habe Hunger«, fordert mich Jane auf.

Zuhause gehe ich schnell duschen, ziehe mir Jeans, Tanktop und Chucks an, meine liebsten Wochenendklamotten. Auf das Make-up verzichte ich, wir gehen schließlich nur Abendessen und ins Kino.

»Wo fahren wir zum Essen hin?«, erkundige ich mich.

»Das ist eine Überraschung.«

»Na toll! Und wenn die mich in dem Aufzug nicht einlassen?«

»Abby, du siehst perfekt aus«, erwidert Jane augenverdrehend.

»Tut mir leid«, gebe ich leise von mir, weil ich ihr anscheinend mit allem auf die Nerven gehe. Genau in diesem Moment kommt sie zu mir und legt ihre Arme um mich.

»Du bist ein wundervoller Mensch. Wer etwas anderes behauptet, kennt dich nicht. Wir werden jetzt fahren, lecker essen und uns anschließend einen Actionfilm zu Gemüte führen, dann geht es uns beiden besser«, flüstert sie mir ins Ohr.

»Okay«, schluchze ich leise. Ich könnte augenblicklich weinen, doch dann kommen wir hier heute nicht mehr weg. Jane lässt mich los, schnappt sich ihre Wagenschlüssel und begleitet mich hinaus. Wohin wir fahren, weiß ich nicht, was mir im Moment auch egal ist, denn ich bin nicht allein. Müsste ich jetzt Zuhause sitzen, so wie ich es erst wollte, mir würde vermutlich die Decke auf den Kopf fallen.

Immer wieder muss ich daran denken, wie es Katie wohl gerade geht. Hat sie Sex mit einer anderen Frau? Kopfschüttelnd verdränge ich meine

Gedanken, ich sollte ihr einfach vertrauen, auch wenn es mir so wahnsinnig schwerfällt.

Kurz vor Sonnenuntergang endet unsere Fahrt auf dem Parkplatz eines Nobelrestaurants in Malibu.

»Na toll, dafür bin ich total underdressed«, sage ich zu Jane gewandt, die wortlos den Kopf schüttelt.

Wir gehen hinein und werden am Empfangstresen von einem Kellner sehr intensiv gemustert. Mein Aufzug scheint ihm nicht zu gefallen, allerdings sagt er nichts.

»Draußen auf der Terrasse?«, fragt Jane grinsend nach. Ich stimme zu und folge meiner Freundin, die bereits nach wenigen Schritten wie erstarrt stehenbleibt. Als ich an ihr vorbeischaue, entdecke ich David mit einer mir unbekannten Frau, deren Hand er festhält.

»Dieser blöde Arsch«, faucht eine schlagartig aufgebrachte Jane los. Geradewegs geht sie auf ihren Noch-Ehemann zu, den Kellner und mich im Schlepptau. Als sie vor dessen Tisch anhält, eskaliert die Situation.

»Diane? Spinnst du jetzt völlig? Was soll der Scheiß?«, schreit sie plötzlich los.

»Ist das Diane von Katies Agentur?«, frage ich.

»Genau die ist es! Falsche Schlange«, antwortet Jane sauer.

»Warum haben Sie Katie wieder losgeschickt? Sie wollte nicht mehr für Sie arbeiten«, mische ich mich in die aufflammende Diskussion ein. Aber anstatt Antworten bekommen wir nur erstaunte Gesichter.

»Meine Damen, bitte beruhigen Sie sich, hier sind noch andere Gäste«, bemüht sich der Kellner, uns zu beschwichtigen. Meine Freundin scheint ihn jedoch nicht wahrzunehmen, denn sie kommt gerade erst so richtig in Fahrt.

David ist inzwischen aufgestanden und redet auf seine Noch-Ehefrau ein, die ihn aber nicht aussprechen lässt. Diane starrt mich mit großen Augen und offenstehendem Mund an.

»Ladys, bitte verlassen Sie auf der Stelle unser Restaurant oder ich rufe die Polizei«, fordert uns ein Herr in feinem Zwirn gekleidet auf. Dieser Streit hat bereits die Blicke der anderen Gäste auf sich gezogen. Ich würde Diane zu gern eine verpassen, um denen hier einen richtigen Grund für den Anruf bei den Cops zu geben.

»Es bringt nichts, lass uns gehen«, wende ich mich an Jane. Erst als ich meine Arme um sie lege, um sie ins Restaurant zu schieben, hört sie auf zu schreien.

»Bitte gehen Sie unverzüglich«, fordert man uns erneut auf.

»Okay, okay, wir sind doch schon auf dem Weg«, erwidere ich genervt.

Als wir endlich draußen sind, kann Jane sich noch immer nicht beruhigen. Laut fluchend will sie sich ans Steuer setzen, was ich allerdings zu verhindern weiß.

»Geh rüber auf die andere Seite, ich fahre.«

»Nein, Abby!«

»Doch! Du wirst uns in diesem Zustand umbringen.«

»Dann lass mich allein fahren!«

»Niemals, und das weißt du«, sage ich. Sie bricht in Tränen aus, sodass ich sie abermals in meine Arme schließe und festhalte.

»Psst, ich bin hier, ignorier den blöden Idioten einfach«, flüstere ich ihr ins Ohr.

»Dieser Penner«, schimpft sie weiter. »Er wird dafür bezahlen, für alles. Ich will neben meinem Laden die Hälfte von allem, was er besitzt.« Ihre Trauer schlägt in Wut um, was ich sehr gut verstehen kann. Mit viel Überredungskunst und Geduld gelingt es mir, sie in den Wagen zu setzen.

»Wir kümmern uns darum, Jane. Jetzt bringt es nichts, dafür bist du zu wütend.«

»Wütend? Ich bin angepisst! Was bildet sich dieser Wichser eigentlich ein?«

»Hey, was hältst du von Fast Food?«, lenke ich mit meiner Frage zurück auf das Thema Essen.

»Mir egal, Hauptsache ich bekomme heute noch irgendetwas in den Magen«, entgegnet meine Freundin bissig. Sie wischt sich die Tränen weg und schaut aus dem Fenster, während ich den Wagen auf die andere Straßenseite zum Drive-In-Schalter des Schnellrestaurants steuere.

Nach unserer Großbestellung, die im Wesentlichen aus Cheeseburgern, Fritten und Coke besteht, fahren wir gleich weiter Richtung Santa Monica.

Auf einem Parkplatz mit Blick auf den Pazifik halten wir an.

»Der Ausblick wäre ohne dieses beschissene Messer im Rücken genial«, nuschelt Jane mit halbvollem Mund. Sie fühlt sich hintergangen und betrogen. Die Ironie an der ganzen Miesere ist die, dass ich genau damit meinen Lebensunterhalt verdiene.

»Ich helfe dir das zu bekommen, was dir zusteht«, verspreche ich ihr. Jane ist mehr als nur meine beste Freundin. Sie war immer für mich da und hat sich jedes Mal meine Sorgen angehört, zuletzt die Sache mit Katie.

»Danke, Süße! Jetzt kümmern wir uns erst einmal um deine Liebste. Egal, wie tief sie in der Scheiße steckt, wir müssen sie dort rausholen.«

»Ich wäre sofort dabei, wenn ich wüsste, was passiert ist und wie ich ihr helfen kann«, gebe ich leise von mir.

»Das wüsste ich auch gern, denn ihr Gedächtnis ist auf jeden Fall wieder da, nur schweigt sie sich über die Details aus.«

»Es wird seinen Grund haben«, erwidere ich mit dem Gedanken an Officer Everett.

»Und den werden wir herausfinden. Lass uns nach dem Essen in die Hills fahren und nach ihr suchen.«

»Ich weiß nicht, Jane.«

»Wir haben nur diese Möglichkeit. Finden wir sie, nehmen wir sie einfach mit zu dir«, schlägt meine Freundin vor. Ich würde es sofort tun, bin mir aber unsicher, ob es der richtige Weg ist.

Während wir die Cheeseburger verspeisen, gerät der Ärger über David und Dianes falsches Spiel schnell in den Hintergrund. Wir brauchen einen Plan, wie wir Katie aufspüren und helfen können.

Katie | Mein letzter Auftrag?

Nur in Spitzenunterwäsche bekleidet räkele ich mich an der kalten Metallstange für Natascha, ihre Freundinnen und mittlerweile auch für Olivia. Die furchtbare Musik macht es mir nicht leicht, doch ich ziehe diesen Job durch.

»Ausziehen!«, schallt es mir entgegen, unterlegt mit lauten Pfiffen. Langsam sinke ich auf die Knie, lege den Kopf leicht nach vorne, sodass meine langen Haare den direkten Blick auf meine Brüste verdecken. Erst dann streife ich meinen BH ab, halte ihn zur Seite und lasse ihn im nächsten Augenblick fallen. Als ich langsam aufstehe und dabei den Kopf hebe, applaudieren die Damen lautstark. Dann geschieht es, womit ich nicht gerechnet habe. Natascha verlässt das Bett, nähert sich mir und schleicht wie eine Katze um das Podest herum. Unbeirrt dessen fahre ich fort.

»Das Höschen auch noch«, erklingt es nur knapp hinter mir. *Ich weiß, wie Strippen funktioniert, danke Natascha*, denke ich.

Olivia beobachtet mich ganz genau und nur aus diesem Grund bemühe ich mich so professionell wie möglich zu sein. Natürlich könnte ich die schlechteste Nummer abliefern, die ich je gebracht habe, nur bezweifele ich, dass ich dadurch schneller hier herauskomme, geschweige denn, die zahlende

Kundin zufriedenstelle. Ich klammere mich einfach an den Gedanken, für Abby zu strippen, und versuche sie mir bildlich vorzustellen.

»Darf ich dir helfen, Katie?« Mein Blick wandert von Natascha, die vor mir kniet, zu Olivia, die auf eine Reaktion von mir wartet.

»Ausnahmsweise, Geburtstagskind«, antworte ich leise. Auf intime Berührungen bin ich nicht scharf, allerdings denke ich an den erhaltenen Bonus.

Lächelnd schaut Natascha zu mir auf. »Du bist verdammt heiß«, flüstert sie mir zu, nimmt ihre Hände auf den Rücken und nähert sich meinem linken Oberschenkel. Sie ist attraktiv, keine Frage, trotzdem möchte ich es eigentlich nicht. Wieder stelle ich mir in Gedanken vor, dass es Abby ist, deren Atem ich auf meiner Haut spüre.

Natascha schnappt sich vorsichtig mit den Zähnen mein Spitzenhöschen, um es langsam hinunterzuziehen. Dabei schaut sie mich mit leuchtenden Augen an. Sie ist definitiv heiß, ganz so, wie Olivia es wollte. Als sie nicht weiterkommt, fährt sie auf der anderen Seite fort, während ihre Freundinnen jubelnd in die Hände klatschen.

Mit leicht rhythmischen Bewegungen helfe ich nach, bis Natascha mir mein Höschen abgestreift hat und mit einer Hand wie eine Trophäe stolz nach oben hält. »Ich habe es!« Wiederholt erntet sie dafür Applaus.

»Ist es schlimm, wenn du später ohne gehst?«, fragt sie, nachdem sie aufgestanden ist. Schmunzelnd schüttle ich den Kopf. Sie ist nicht die erste Kundin, die auf meine Unterwäsche scharf ist. Wenn die Show damit beendet ist, darf sie die schwarze Spitze gerne behalten.

»Du warst wunderbar, Katie«, bedankt sie sich, ergreift eine meiner Hände und führt mich mit wenigen Schritten zum Bett.

»Danke, ich hoffe, es hat euch allen gefallen.«

»Exzellent, großartig, einfach fabelhaft«, schwärmt Olivia in die Hände klatschend.

»Ich ziehe mich schnell an«, sage ich, weil Natascha und ihre Freundinnen meinen Körper mustern. Die Nähe zu den vier Frauen wird mir augenblicklich etwas zu viel.

»Bleib doch noch einen Moment bei uns«, bitten sie mich. Worauf das hinauslaufen soll, ist mir schon klar, allerdings war das so nicht abgemacht. Rasch greife ich nach meinem Kleid und ziehe es über und lasse meinen BH in der Tasche verschwinden.

»Beruhigt euch, Mädels, sie hat uns eine wunderbare Show geboten. Applaus für Dianes hübschestes Mädchen«, fordert Olivia, als sie sich vom Bett erhebt.

»Danke, vielen Dank. Es tut mir leid, aber ich muss jetzt gehen. Der Abend war wirklich wundervoll.«

»Ich bringe dich noch zum Tor.« Am liebsten würde ich Olivia sagen, dass ich den Weg allein finde, doch dann wäre ich ihr gegenüber wahrscheinlich unhöflich. *Diese eine Gottverdammte Minute werde ich jetzt auch noch schaffen.*

Natascha und ihre Freundinnen verlassen das Bett und stürmen auf mich zu. Sie verabschieden mich sehr herzlich mit einer Umarmung und zahlreichen Küsschen auf meine Wangen.

»Feiert noch schön.«

»Danke, Katie. Hoffentlich bis bald.«

»Ich bin untröstlich, dass wir dich nicht für mehr gewinnen konnten«, gesteht Olivia auf dem Weg hinunter zum Tor.

»Es war ein anstrengender Tag, verzeih mir. Ich hoffe, du warst mit dem, was ich dir bieten konnte, trotzdem zufrieden.«

»Aber natürlich, Katie. Nataschas Wunsch wurde erfüllt. Vielleicht sehen wir uns schon bald wieder.«

»Herzlichen Dank noch einmal für alles, Olivia«, sage ich ohne auf ihren indirekten Wunsch einzugehen. Ein zweites Mal wird es nicht geben, überhaupt will ich keine Aufträge mehr annehmen.

»Komm gut nach Hause und richte Diane die besten Grüße aus.« Auch sie drückt mir zum Abschied zwei Küsschen auf die Wangen. Ohne mich umzudrehen verlasse ich das Anwesen und steige in meinen Wagen. Sofort drücke ich auf die Türverriegelung, so fühle ich mich sicherer.

Bevor ich den Motor starte, tätige ich einen wichtigen Anruf, um Linda davon in Kenntnis zu setzen, dass es mir gut geht. Sie kennt in etwa den Ablauf und weiß, wie lange es dauern kann, bis ein solcher Auftrag beendet ist. Immerhin war sie eine meiner wenigen Kundinnen, bei denen ich bis zum nächsten Morgen blieb.

Auf dem Weg durch Beverly Hills stoppe ich meinen Wagen an einer Kreuzung. Geradeaus geht es nach Hause, rechts zu Abby. *Es ist mitten in der Nacht, sie wird vermutlich schlafen,* geht es mir durch den Kopf. Außerdem darf ich sie nicht in Gefahr bringen, auch wenn sie mir wahnsinnig fehlt.

Plötzlich reißt mich blaues, aufflackerndes Licht aus meinen Gedanken. Die Cops? Noch ehe ich weiß, was los ist, klopft es an der Seitenscheibe. Jemand leuchtet mit einer Taschenlampe in den Wagen. Meine Hände liegen auf dem Lenkrad, von dem ich sie nicht wegnehme.

»Ma'am, bitte öffnen Sie das Fenster«, fordert mich eine kräftige Männerstimme auf. Mit einem zitternden Finger drücke ich den Knopf, um die Scheibe nur wenige Zentimeter hinunterzulassen.

»Privater Sicherheitsdienst, Beverly Hills. Geht es Ihnen gut oder benötigen Sie Hilfe, Ms.?«, fragt mich der Typ.

»Es geht mir gut, danke. Ich habe nur kurz überlegt, welchen Weg ich jetzt nehme«, erkläre ich.

»Wo soll es denn hingehen?«

»Venice.«

»Dann fahren Sie am besten geradeaus weiter, bis zum Rodeo Drive, anschließend rechts.«

»Sehr nett von Ihnen, danke für die Hilfe, Sir.«

»Gern geschehen, Ms. Gute Fahrt.« Rasch lasse ich das Fenster wieder hoch und fahre weiter. Wenigstens bin ich jetzt hellwach, sodass ich zügig nach Hause komme. Ich muss dringend in mein Bett.

Abby | Nur die halbe Wahrheit

»Guten Morgen«, begrüße ich Jane, die am Tresen in der Küche sitzt und ihren Kopf mit den Händen abstützt.

»Morgen«, erwidert sie knapp. Scheinbar ist sie von unserem langen Abend und der kurzen Nacht noch müde. Nach dem *Fast Food mit Meerblick Abendessen* fuhren wir durch Beverly Hills, um Katie zu finden, leider erfolglos. Da nur das traute Heim übrig blieb, setzten wir uns mit einem Glas Wein – dicht an dicht gekuschelt – auf die Couch und trösteten uns gegenseitig. Kathleen hatte keine Zeit für Jane und ins Kino wollten wir nach dem Vorfall mit David nicht mehr. Also blieb uns nur das freundschaftliche Kuscheln auf dem Sofa.

»Kaffee?«, frage ich, weil sie noch keine Tasse vor sich stehen hat.

»Ja, bitte.«

»Was ist denn los? Du wirkst heute so geknickt?«, hake ich nach. Meine Freundin sieht nicht gut aus und ich vermute, dass ihr der gestrige Besuch in diesem Nobelrestaurant noch nachhängt.

»Ich habe einen Fehler gemacht, Abby.«

»Wie sieht der aus?« Kopfschüttelnd rauft sie sich die Haare.

»So dumm kann auch nur ich sein, es tut mir leid«, stößt sie genervt aus.

246

»Hey, komm runter und erzähl mir, was genau passiert ist«, bemühe ich mich sie zu beruhigen. Hat sie David angerufen? Unterwegs kann sie jedenfalls noch nicht gewesen sein, denn sie sitzt hier im Bademantel.

»Du wirst mich dafür hassen«, schluchzt sie mit Tränen in den Augen. Die erste Tasse Kaffee ist gerade fertig geworden. Ich nehme sie, gehe um den Tresen herum und stelle sie vor Jane ab.

»Jetzt erzähl mir endlich, was du Schlimmes getan hast«, bitte ich sie, als ich meine Arme von hinten um sie gelegt habe.

»Ich bin daran schuld, dass Katie wieder einen Auftrag angenommen hat«, gibt sie leise von sich.

»Was erzählst du da für einen Blödsinn? Dazu hat sie sich doch selbst entschieden.«

»Aber erst, nachdem ich Diane erzählt habe, was ihr zugestoßen ist, und sie Katie im Krankenhaus besucht hat.« Jane fängt schmerzlich an zu weinen, als mir klar wird, was sie mit ihren Worten sagen will. Ich löse mich von ihr, stemme die Hände in die Hüfte und hole tief Luft.

»Dieser ganze Zirkus hat jetzt ein Ende«, schnaufe ich wütend.

»Es tut mir leid, Süße, ehrlich.«

»Du beruhigst dich jetzt, ich ziehe mich an und werde dieser Frau den Kopf waschen. Es ist schlimm genug, dass sie sich auf David eingelassen hat, oder er auf sie, wie auch immer. Wenn sie Katie, nach dem, was ihr zugestoßen ist, wieder losschickt, obwohl sie keine Aufträge mehr annehmen wollte, dann wird sie mich kennenlernen«, sage ich fest entschlossen. Jane ruft mir auf dem Weg ins Badezimmer noch etwas hinterher, was ich jedoch ignoriere.

So schnell es mir möglich ist, mache ich mich frisch, ziehe mich an und binde meine Haare zu einem Pferdeschwanz zusammen.

»Wo willst du hin?«, fragt eine völlig aufgelöste Jane, als ich in die Küche zurückkehre.

»Ich fahre zu Diane und mache ihr die Hölle heiß. Danach hole ich Katie und komme mit ihr hierher. Wo ist diese Agentur?«

»Das kannst du nicht machen, Abby.«

»Jane, du bist meine beste Freundin, aber in dieser Angelegenheit kannst du mich nicht aufhalten. Also, wo finde ich Diane?«, frage ich erneut. Beschämt senkt sie ihren Kopf, die Geschichte ist ihr unangenehm.

»578 Crestline Drive, Brentwood«, beantwortet sie leise meine Frage.

»Okay. Du bleibst hier, ich erledige die Sache. Bis später«, verabschiede ich mich mit einer Wut im Bauch, die ich jetzt an diesem Miststück auslassen werde. *Die kann sich warm anziehen!*

Nur 20 Minuten später fahre ich den Crestline Drive entlang, auf der Suche nach der Hausnummer

578. Mitten in einer Kurve entdecke ich ein offen stehendes Tor, an dem die gesuchte Zahl steht. Ohne mir etwas dabei zu denken, rolle ich die Einfahrt hinunter und halte auf einem großen, kreisrunden Platz, direkt vor dem Haus. Was auch immer jetzt passieren wird, ich werde mich nicht abwimmeln lassen, bis ich dieser Schnepfe die Meinung gesagt habe.

Als ich meinen Wagen verlasse, öffnet Diane gerade die Haustür und begutachtet mich mit argwöhnischem Blick.

»Wir sollten uns ganz dringend unterhalten«, rufe ich und stehe nur einen Wimpernschlag später direkt vor ihr.

»Wer sind Sie, Ms.?«, stellt sie sich dumm.

»Tun Sie nicht so! Sie wissen genau, wer ich bin«, erwidere ich angefressen.

»Ach, ja, Sie waren gestern mit Jane unterwegs. Sie sind ihre Freundin, diese Anwältin.« Wenn sie sich weiterhin so blöd gibt, werde ich ihr sofort eine reinhauen.

»Sie haben ein entscheidendes Detail vergessen. Ich bin auch Katies Freundin.« Diese Information scheint sie nicht im Geringsten zu überraschen.

»Kommen Sie doch auf einen Kaffee rein, ich bin sicher, wir können in Ruhe über alles reden«, bietet sie mir an.

»Nein danke! Wo ist Katie und warum haben Sie sie wieder losgeschickt?«

»Schätzchen, ich wüsste nicht, was Sie mein Geschäft angeht. Kümmern Sie sich um Ihre Mandanten und halten sich aus Dingen raus, von denen Sie nichts verstehen.«

»Ich glaube, Sie haben keine Vorstellung davon, welcher Ärger Ihnen bald droht«, warne ich sie deutlich.

»Wollen Sie mir etwa drohen?«

»Das muss ich nicht, der Sachverhalt ist offensichtlich. Nach Katies Absage für Ihren letzten Auftrag und alle weiteren auf unbestimmte Zeit, haben Sie sie zusammenschlagen lassen«, spreche ich zum ersten Mal meine Vermutung aus, die ich seit heute Nacht habe. Ich dachte über so vieles nach und kam irgendwann darauf, dass es keine andere Erklärung für all das gibt.

»Jetzt machen Sie sich aber lächerlich, Ms. Sollten Sie für Ihre dreiste Behauptung irgendeinen Beweis haben, dürfen Sie mich selbstverständlich verklagen«, entgegnet sie frech. Dabei fällt mir auf, wie sie an mir vorbeischaut. In dem Moment, als ich mich umdrehen will, trifft mich etwas am Kopf ...

Katie | Falsches Spiel

Als ich am nächsten Morgen von meinem klingelnden Handy geweckt werde, bekomme ich kaum die Augen auf.

»Ich rufe zurück«, sage ich nach der Anrufannahme und will schon wieder auflegen.

»Warte Katie«, erklingt Dianes Stimme.

»Oh, du bist es. Was ist los?«

»Du wolltest doch vorbeikommen, dein Geld abholen.«

»Natürlich, aber ich liege noch im Bett«, sage ich und schaue auf den Wecker. Es ist fast Mittag! »Oh Mist! Tut mir leid, ich mache mich sofort auf den Weg.« Sie sagte gestern, sie werde nur bis um zwölf Uhr da sein. Hastig springe ich auf und renne ins Bad.

Zwischen duschen, notdürftig schminken und anziehen mache ich mir Gedanken, wie ich Diane beibringe, dass ich in den nächsten Wochen keine Aufträge mehr annehmen werde. Ich befürchte nämlich fast, dass es so leicht wie beim letzten Mal nicht funktionieren wird.

Auf dem Weg zur Agentur, die Diane in einem Büro ihrer Villa eingerichtet hat, telefoniere ich mit Linda. Ich hoffte, sie hätte dieses brutale Arschloch, das mich in meinem Apartment so zugerichtet hat, bereits ausfindig gemacht, doch vergebens. Trotz detaillierter Beschreibung hat sie nichts herausfinden können. Es ist frustrierend!

Gerade als ich in die Straße einbiege, in der Diane wohnt, ruft sie mich an.

»Katie? Bist du schon unterwegs?«, fragt sie mit nervös klingender Stimme?

»Ähm, ja, ich fahre ...«, sage ich und breche meinen Satz ab. Augenblicklich kann ich beobachten, wie sich Dianes Garagentor schließt und dahinter Abbys Mustang verschwindet. Was zur Hölle ist hier los?

»Katie?«

»Sorry, da war ein Kind auf der Straße«, lüge ich, schalte in den Rückwärtsgang und fahre meine Wagen zurück. Hoffentlich hat Diane mich noch nicht gesehen.

»Tut mir leid, ich muss früher weg. Können wir uns später irgendwo treffen?«

»Ich biege gerade in deine Straße ein, bin gleich da«, informiere ich sie und lege einfach auf. Zügig steuere ich in eine Nebenstraße, drehe dort um und nähere mich erneut ihrer Villa. Was auch immer hier gerade passiert ist, ich weiß, dass Abbys Wagen in ihrer Garage steht, und das gibt mir zu denken.

Als ich die Einfahrt hinunterrolle, ist das Tor geschlossen. Diane steht bereits mit einem Briefumschlag in der Hand vor der Tür.

»Hey, Diane«, begrüße ich sie durch das geöffnete Fenster.

»Hi, Süße. Wie war dein Date?«, fragt sie mit Schweißperlen auf der Stirn.

»Olivia war sehr nett und hoffentlich zufrieden.«

»Mehr als das. Sie hat mich heute Morgen als Erstes angerufen. Wenn du heute Abend Zeit hast, möchte sie dich wieder buchen, aber lass uns das später besprechen«, schlägt sie vor. Im gleichen Atemzug reicht sie mir den Umschlag in den Wagen.

»Okay, melde dich einfach.«

»Du hörst von mir. Schicker Wagen, fahr vorsichtig.«

»Werde ich, danke Diane.« Zum Abschied winkt sie mir kurz zu. Ich verlasse ihr Anwesen, fahre direkt in die nächste Straße und rufe Linda an.

»Hallo, Katie. Hast du etwas vergessen?«

»Ich bin gerade zu Diane gefahren, um mein Geld für den letzten Auftrag abzuholen, und dann entdecke ich in ihrer Garage Abbys Wagen«, berichte ich ihr nervös.

»Bist du sicher?«

»Ja, ich bin mir absolut sicher! Ich habe bei Diane noch nie einen Mustang gesehen.«

»Konntest du das Nummernschild erkennen?«

»Leider nicht. Was soll ich jetzt tun?«, frage ich verzweifelt.

»Erst einmal beruhigst du dich bitte. Bist du noch bei Diane?«

»Ich habe mich in einer Nebenstraße versteckt.«

»Das ist nicht gut, Katie. Verschwinde da sofort, aber fahr auf keinen Fall nach Hause. Wie lange brauchst du bis zu Abbys Haus?«

»Ich weiß nicht, vielleicht eine Viertelstunde. Soll ich dorthin fahren?«

»Schau nach, ob sie da ist. Falls ja, fahrt zusammen zum Beverly Hills Police Department. Melde dich bei Detective Ron Johnson. Wenn du Abby nicht findest, fährst du allein dorthin. Ich versuche herauszufinden, wem der Mustang gehört, und treffe dich bei meinem Kollegen. Hast du das verstanden?« Rasch wiederhole ich die Eckpunkte, die sie mir soeben genannt hat, dann endet unser Gespräch.

Ich sollte Abby anrufen, geht es mir durch den Kopf.

Nachdem ich ein paar Mal tief Luft geholt habe, wähle ich ihre Nummer.

»Katie, wo steckst du?«, höre ich Jane fragen.

»Ich wollte mein Geld abholen und bin auf der Suche nach Abby. Wieso hast du ihr Handy?«

»Weil sie es hiergelassen hat. Sie wollte zu Diane und dich anschließend suchen.«

»Oh nein!«, kommt es mir voller Entsetzen über die Lippen. Dann ist sie mit ihrem Wagen unterwegs und der steht in dieser Garage. Jane erzählt mir von der Begegnung mit ihrem Mann und Diane vom Vorabend. Währenddessen wird das mulmige Gefühl in meiner Magengegend immer schlimmer.

»Die Cops sind unterwegs. Bleib, wo du bist, Jane.«

»Ich will helfen«, wendet sie protestierend ein.

»Das kannst du nicht. Ich melde mich später bei dir.«

»Aber Katie ...«, höre ich noch, kurz bevor ich auflege.

Entgegen Lindas Rat, bleibe ich in meinem Wagen sitzen und beobachte die Straße. Diane wollte ganz dringend irgendwo hin, dann muss sie bald hier vorbeifahren.

Minutenlang passiert nichts und ich zweifele bereits an meiner Entscheidung, als plötzlich Abbys Mustang auftaucht. Das Verdeck ist offen und am Steuer sitzt nicht die süße Anwältin, sondern dieser Kerl, der mich verprügelt hat. Blitzschnell ducke ich mich. *Er hat mich nicht gesehen, er hat mich nicht gesehen. 21, 22, 23* ... zähle ich in Gedanken. In dem Moment, als ich meinen Kopf vorsichtig hebe, sehe ich noch, wie der Typ davonfährt. Schnell starte ich meinen Motor, um ihn zu verfolgen. Wo auch immer er hinfährt, ich werde dranbleiben, weil ich wissen will, was hier gespielt wird und wo Abby steckt.

So gut es geht, bemühe ich mich ausreichend Abstand zu halten, ohne Abbys Auto aus den Augen zu verlieren. Außerdem rufe ich Linda an, um sie über die Änderung der Lage zu informieren.

»Linda? Der Mustang verlässt in diesem Augenblick Brentwood und am Steuer sitzt der Kerl, der mich ins Krankenhaus geprügelt hat. Ich verfolge ihn gerade.«

»Du tust was? Bist du verrückt?«

»Tut mir leid, ich konnte nicht anders. Abby ist nicht zu Hause, sie wollte laut Jane zu Diane fahren und diese zur Rede stellen. Vermutlich ist sie noch dort oder liegt in ihrem Wagen auf der Rückbank.«

»Du bringst dich in Gefahr, Katie.«

»Das ist mir egal, Linda. Ich muss sie retten, also hilf mir bitte«, flehe ich sie an.

»Okay, bleib ganz ruhig. Ich schicke sofort einen Streifenwagen zu Dianes Haus und du sagst mir, wo Abbys Wagen hinfährt.«

»Sunset Boulevard, Holmby Hills, Richtung Osten«, erkläre ich. Im Hintergrund kann ich hören, wie Linda mit einem Kollegen spricht und ihm Anweisungen erteilt. Hoffentlich kommen sie noch rechtzeitig, wir müssen Abby vor diesem wahnsinnigen Schläger retten, bevor er ihr wehtut oder sie umbringt.

»Katie, wir biegen jetzt auf den Whittier Drive. Hast du den schon passiert?«

»Wir sind gerade an der UCLA vorbeigefahren, dauert noch einen Moment.« Mit zitternden Händen klammere ich mich an mein Lenkrad und konzentriere mich auf Abbys Mustang. Mein Herz rast wie verrückt, aber ich bin fest entschlossen ihn nicht aus den Augen zu verlieren. An jeder roten Ampel mache ich ganz langsam oder wechsele auf den Seitenstreifen, zwischen parkende Autos.

»Wir erreichen gerade Beverly Hills«, gebe ich Linda durch, als ich an dem entsprechenden Schild vorbeifahre.

»Dann haben wir ihn gleich. Solltest du eine Möglichkeit sehen, schneide ihm den Weg ab, allerdings nur, wenn du dich nicht in Gefahr bringst.«

»Verstanden!«

Nach der nächsten Linkskurve kommt die Kreuzung zum Whittier Drive. Die Ampel ist rot, der Mustang stoppt und plötzlich rast von der Seite ein schwarzer Wagen heran, der mitten auf der Straße stehen bleibt. *Mieses Schwein, jetzt bist du dran!* Linda und ihr Kollege springen mit gezogenen Waffen heraus und richten sie auf das Arschloch. Ich rolle bis auf drei oder vier Wagenlängen an die Szene heran.

»L.A.P.D., steigen Sie mit erhobenen Händen aus dem Fahrzeug«, kann ich sie durch das geöffnete Fenster rufen hören. Aufmerksam beobachte ich, wie der Kerl Abbys Auto verlässt und die Hände nach oben streckt. Als er sich umdreht, lacht er mich mit einem fiesen Blick an. Der hat genau gewusst, dass ich ihn verfolge.

Ein Streifenwagen nähert sich, die Verstärkung ist da und während Lindas Kollegen ihn verhaften, schaut sie auf die Rückbank des Mustangs. Kopfschüttelnd kommt sie danach auf mich zu.

»Tut mir leid, sie ist nicht hier.«

»Aber das ist ihr Wagen, wieso fährt das Arschloch damit herum?«

»Das werden wir herausfinden. Kannst du mir erst einmal bestätigen, dass der Kerl dich zusammengeschlagen hat?« So wie ich es bei ihrem Krankenbesuch geschildert und zu Protokoll gegeben habe, kann ich es erneut bekräftigen.

»In Ordnung, dann fährt er dafür auf jeden Fall ein«, sagt Linda. Wirklich beruhigen kann sie mich damit nicht, weil ich noch immer nicht weiß, wo Abby abgeblieben ist.

»Wie geht es jetzt weiter?«

»Die Kollegen räumen hier auf und wir besuchen Diane.« Die Frage, ob ich Linda begleiten darf, verneint sie deutlich. Stattdessen soll ich mich an einen sicheren Ort begeben und auf ihren Anruf warten. Weil ich nicht weit weg bin, fahre ich rüber zu Abbys Haus und rufe unterwegs Jane an. Bei ihr fühle ich mich im Moment am sichersten.

Abby | Licht in der Dunkelheit

Ich höre Stimmen, aber keine davon kommt mir bekannt vor. Wo bin ich hier? Als ich meine Augen öffne, finde ich mich in einem halbdunklen Raum wieder, der nach Krankenhaus aussieht.

»Sie ist wach, kommen Sie rein«, ruft jemand. Es fällt mir schwer, mich zu orientieren, bis sie vor mir steht ...

»Katie, bist du das?«, frage ich, bekomme aber keine Antwort. »Hey, sag doch was.« Sie bleibt stumm und das irritiert mich.

Auf einmal trifft mich etwas wie ein Schlag, es wird gleißend hell. Was zur Hölle passiert hier?

»Beruhigen Sie sich, Ms. Crawford«, sagt eine unbekannte Stimme. Ich spüre, wie mein Herz rast, meine Arme zittern und mein Hinterkopf brennt. Habe ich nur geträumt?

»Wo bin ich hier?«, ist meine erste Frage.

»Im Krankenhaus. Sie dürfen aber gleich wieder gehen, wenn der Doc bei Ihnen war.« Oh Gott, ich fühle mich, wie von einem Laster überfahren. Langsam erhebe ich mich und verspüre dabei einen hämmernden Schmerz in meinem Kopf. Wie bin ich hierhergekommen?

Krampfhaft versuche ich mich daran zu erinnern, was passiert ist. An meinem Hinterkopf ertaste ich eine Beule und etwas Hartes.

»Hallo, Ms. Crawford«, begrüßt mich ein Mann, der seiner Kleidung nach zu urteilen der Arzt sein muss, den die Schwester eben angekündigt hatte.

»Hallo, Doc«, erwidere ich.

»Wie geht es Ihnen?«

»Mein Kopf dröhnt furchtbar.«

»Das kommt von dem schweren Schlag, den Sie abbekommen haben. Es ist nur eine Platzwunde, die wir genäht haben. Sie hatten großes Glück. Die Röntgen- und Computertomographieergebnisse zeigen nichts Beunruhigendes«, erklärt er seelenruhig mit verschiedenen Aufnahmen an einem Leuchtkasten. Nacheinander leuchtet er mir mit einer kleinen Taschenlampe abwechselnd in die Augen, fordert mich auf, seinem Finger zu folgen, und reicht mir anschließend ein paar Papiere für meinen Hausarzt. In diesem Moment fällt es mir wieder ein, ich bin wütend zu Diane gefahren, um sie zur Rede zu stellen. Sie stritt alles ab und dann traf mich wie aus heiterem Himmel etwas am Kopf.

»Ms. Crawford?«, unterbricht der Doc meine Gedanken.

»Haben Sie was gesagt?«

»Soll ich Ihnen gegen die starken Schmerzen noch etwas spritzen?«

»Wenn es mir hilft, ja.«

»Ganz sicher, Ms. Crawford. Sie dürfen danach heute allerdings kein Fahrzeug mehr führen«, erklärt er mir. Ich lege mich noch einmal hin, sodass der Arzt mir eine Spritze verabreichen kann. In ein paar Minuten soll sich mein Kopf dann bessern – hoffentlich.

»Bleiben Sie noch einen Moment ruhig liegen, die Schwestern am Empfang rufen Ihnen ein Taxi. Alles Gute, Ms. Crawford.«

»Danke, Doc.«

Während ich warte und mich ruhig verhalte, mache ich mir Gedanken, wie es jetzt weitergeht. Wer auch immer mich niedergeschlagen hat, ich sollte es zur Anzeige bringen. Mein Wagen wird noch bei Diane stehen und den muss ich später abholen.

»Ihr Taxi ist da, Ms. Crawford«, informiert mich eine Schwester. Als ich mich langsam erhebe, habe ich das Gefühl, es würde sich alles drehen. Der Schmerz ist erträglicher geworden, doch jetzt verstehe ich, was der Doc meinte, als er sagte, *kein Fahrzeug mehr führen*. Meine Beine fühlen sich wie Pudding an und ich bin kaum in der Lage, meine Handtasche festzuhalten.

»Wird es gehen?«, erkundigt sich die Schwester.

»Ich gebe mein Bestes.« Freundlicherweise begleitet sie mich mit einem Arm gestützt bis vor das Krankenhaus hinaus.

»Vielen Dank.«

»Gute Besserung, Ms. Crawford und passen Sie auf sich auf«, verabschiedet sie mich höflich.

Nachdem der Taxifahrer weiß, wo er hinmuss, hole ich meine Brieftasche heraus um nachzusehen, ob ich überhaupt genügend Geld dabei habe. Wie ich es bereits vermutete, nur wenige Dollar. Sobald ich Zuhause bin, lässt sich dieses Problem aber relativ schnell lösen.

»Wie viel bekommen Sie?«, frage ich den Fahrer in dem Moment, als er vor meiner Villa anhält.

»25 Dollar, Ma'am.«

»Geben Sie mir zwei Minuten, ich bin sofort wieder da«, bitte ich. Als ich aussteige, stoppt neben mir dieser Wagen, den ich nicht erwartet hatte – Katies Porsche.

»Abby, wo warst du?«

»Im Krankenhaus. Was ist denn eigentlich hier los und warum bist du hier?«

»Das erzähle ich dir in aller Ruhe, wenn wir drinnen sind«, schlägt sie vor.

»Warte, ich muss noch den Fahrer bezahlen«, wende ich ein. Katie öffnet die Beifahrertür des Taxis, erkundigt sich nach dem Fahrpreis und bezahlt ihn. Anschließend bittet sie um meinen Hausschlüssel.

»Hey, hiergeblieben«, höre ich sie sagen, als ich ins Wanken gerate. Behutsam ergreift sie mich am Arm und stützt mich.

»Gute Schmerzmittel«, versuche ich zu scherzen. Katie kann darüber aber nicht lachen, sie sieht besorgt aus.

»Langsam bitte, wir haben Zeit«, mahnt sie mich.

»Okay. Ich muss aber später noch meinen Wagen bei Diane abholen«, spreche ich meine Gedanken aus.

»Darum kümmert sich Jane gerade. Du legst dich jetzt auf die Couch oder die Sonnenliege und machst es dir bequem. Was möchtest du trinken?«

»Jawohl, Frau Oberschwester. Ist ein Cocktail erlaubt?«

»Alkoholfrei ist genehmigt. Ich kümmere mich darum«, sagt Katie. Langsam, wie mir befohlen, gehe ich hinaus und nehme auf meiner Sonnenliege Platz.

Wenig später kommt sie dazu, stellt zwei gefüllte Cocktailgläser auf den Tisch und spannt den Sonnenschirm auf.

»Also, du bist hier, erfahre ich jetzt endlich, was passiert ist?«

»Erst verrätst du mir, wie es dir geht und was der Arzt gesagt hat«, fordert sie.

»Da gibt es nicht viel zu erzählen. Ich war bei Diane, wollte sie zur Rede stellen, dann hat mir jemand von hinten auf den Kopf geschlagen und ich bin im Krankenhaus wieder aufgewacht. Nichts gebrochen, nur Kopfschmerzen und eine genähte Platzwunde.« Katie schaut überrascht, streicht mir über einen Arm und beginnt dann zu lächeln.

»Ich bin froh, dass dir nichts Schlimmeres passiert ist und ich bei dir sein kann, Abby.«

»Wenn ich das durchstehen musste, um dich wieder bei mir zu haben, dann ist es okay.«

»Nichts ist okay«, ermahnt sie mich erneut. »Du hast dich in Gefahr gebracht, wegen mir.«

»Weil ich dich liebe, Katie O'Neal.« Vorsichtig stelle ich mein Glas ab, um sie zu küssen. Ich spüre, wie sehr sie sich zurückhält, weshalb ich sie trotz Schmerzen mit aller Leidenschaft ein weiteres Mal mit meinen Lippen berühre.

»Du hast mir wahnsinnig gefehlt«, hauche ich ihr in den Mund.

»Und du mir. Es war fast unerträglich, dich so leiden lassen zu müssen. Ich wollte es nicht, aber du warst in großer Gefahr. Verzeihst du mir?«

»Ich verzeihe dir, nur erklär mir das alles bitte.«

»Sie haben ihn«, flüstert sie mir zu.

»Wen haben sie und warum?« Während ich an meinem Cocktail nippe, klärt Katie mich über die Dinge auf, von denen ich bisher nichts wusste, geschweige denn ahnte. Wie dieser Typ sie in ihrem Apartment aufgesucht und bedroht hat, sie uns alle – mit Ausnahme von Linda - im Glauben ließ, sie könnte sich an nichts erinnern. Diese Entscheidung hatte sie im Übrigen nicht allein getroffen, sondern mit der Polizistin so abgestimmt, um mich nicht zu gefährden. Ohne Pause bemüht sie sich mir alles so detailliert wie möglich zu erzählen, bis zu jenem

Punkt, an dem mir mulmig zumute wird: Dieser Auftrag letzte Nacht. Warum sie ihn angenommen hat, war mir fast klar, weshalb ich ihr aber nicht böse bin. Vielmehr frage ich mich, warum jemand über Leichen geht.

»Ich vermute, dass Diane in der Sache mit drinhängt und diesen Typ auf dich angesetzt hat«, sage ich. Katie nickt mir zu und lässt mich wissen, dass sie diesen Gedanken teilt. Während sie ihrem Job nachging, war Linda im Hintergrund am Ermitteln, um diesen Schlägertypen zu finden. Als ich ihr erzähle, wie die Polizistin mich in der Tiefgarage aufgesucht hatte, kommt mir diese eine Frage in den Sinn.

»Woher kennst du Linda eigentlich?«, frage ich neugierig.

»Sie ist eine Kundin, die mich vor einiger Zeit gebucht hat.« Okay, dass wollte ich nicht hören, auch wenn es naheliegend beziehungsweise meine Vermutung war.

»Dir missfällt dieser Gedanke, sehe ich das richtig?«

»Natürlich, aber es war vor unserer gemeinsamen Zeit«, erwidere ich leise.

»Ab heute wird es nie wieder Escort-Aufträge geben«, versichert sie mir lächelnd und küsst sanft meine Stirn.

»Abby!«, schallt Janes Stimme über die Terrasse …

Jane | Ende gut, alles gut?

Meine beste Freundin wohlbehalten in Katies Armen zu sehen, treibt mir die Tränen in die Augen. Beide lächeln mich an, was ich als gutes Zeichen deute. Ich setze mich zu ihnen und lege Abbys Wagenschlüssel auf den Tisch.

»Wo kommst du denn jetzt her?«, fragt diese schmunzelnd.

»Ich habe dein Pferdchen bei den Cops abgeholt und gleich noch eine Ehrenrunde gedreht.«

»Katie hat mich gerade über die Einzelheiten aufgeklärt. Aber was meinst du mit Ehrenrunde?«

»Was ich euch jetzt erzähle, kann noch niemand wissen, also schnallt euch besser an.« Katie hält Abby nach wie vor fest in ihren Armen. So, als würde sie diese nie wieder loslassen. Bevor ich jedoch berichte, was ich herausgefunden habe, schnappe ich mir eines der halbvollen Cocktailgläser und leere es.

»Das war meiner«, beschwert sich Abby lachend. Katie löst sich von ihr, um hineinzugehen und neue Getränke für uns zuzubereiten.

»Ich hätte gerne einen mit Schuss«, rufe ich ihr nach.

Als sie zurück ist, stoßen wir gemeinsam an.

»Jetzt spann uns nicht länger auf die Folter. Was hast du herausgefunden?«, drängelt Abby ungeduldig.

»Ganz wie du willst, Süße. Also, nachdem Katie mich anrief und mir sagte, wo ich deinen Wagen abholen soll, kümmerte ich mich darum. Danach fuhr ich direkt zu Diane, die mir nicht öffnete. Weil ich so ein Gefühl hatte, besuchte ich meinen Noch-Ehemann in dem Haus, aus dem er mich rausgeworfen hat. Er war erst etwas überrascht, aber als ich ihm sagte, dass ich wüsste, was er getan hat, bat er mich hinein. Natürlich hatte ich nur eine Vermutung, doch die reichte aus, um damit gut genug zu bluffen.« Mein Hals wird trocken, weshalb ich kurz pausiere und einen Schluck trinke. Abby und Katie sitzen ganz gespannt da. »David hat mit einem Teil von Dianes Vermögen Börsenspekulation betrieben und ziemlich viel Geld in den Sand gesetzt. Sie bestand darauf, dass er es zurückholt, andernfalls würde sie mir erzählen, dass die beiden seit Monaten ein Verhältnis miteinander haben.«

»Ich wusste, dass er fremdgeht«, fällt Abby mir ins Wort.

»Diese Vermutung hatte ich auch, aber wie du weißt, gönne ich mir meinen Spaß zwischendrin ja auch, mit dem kleinen Unterschied, dass er davon jedes Mal wusste. Jedenfalls gestand er dann, dass Diane ihn beauftragt hat, einen Schläger anzuheuern. Der hat in ihrem Auftrag Katie zusammengeschlagen und bedroht, damit sie sich von Abby fernhält, sodass die wieder für Dianes Agentur arbeitet. Sie sollte, wie gestern Abend schon geschehen, nur noch die Aufträge bekommen, die am meisten Geld einbringen. Es sind bereits mehrere Mädchen abgesprungen und ausgestiegen, nur konnte sie die nicht alle verprügeln lassen. Weil Katie sehr gefragt ist, kann sie für ihre Einsätze auch am meisten Geld verlangen und nur darum ging es ihr. Als du heute Mittag zu Diane gefahren bist, war dieser Schlägertyp auch da, er hat dich nieder-geschlagen und sie wollten es wie einen Unfall aussehen lassen. David bekam allerdings Panik, was dir wohl das Leben gerettet hat. Er brachte dich anschließend zum Krankenhaus und ist einfach abgehauen.« Abby und Katie schauen mich mit entsetzten Gesichtern an.

»Wie hast du das alles herausbekommen?«, möchte meine Freundin wissen. Grinsend nippe ich an meinem Cocktail, um diesen Triumph über meinen zukünftigen Ex-Mann einen Augenblick genießen zu können.

»Ich habe ihm gedroht, ihn fertigzumachen und vor Gericht alles zu fordern, was ihm gehört. Schließlich ist die anerkannteste und erfolgreichste Scheidungsanwältin aus ganz L.A. meine beste Freundin. Die Anzeige wegen häuslicher Gewalt gegen ihn werde ich zurückziehen, dafür wird er der Scheidung mit fairer Gütertrennung von 50 Prozent zustimmen und kann diese falsche Schlange demnächst im Knast besuchen.«

»Und was passiert mit Diane?«, fragt Katie neugierig.

»Das entscheidest nur du, Sweetheart. Mir war wichtig, dass es euch beiden gut geht und herauszufinden was passiert ist. Sollte eine von euch meine Aussage benötigen, wiederhole ich jederzeit, was ich gerade erzählt habe.«

»Ich werde Linda anrufen und mich mit ihr treffen.«

»Sehr gute Entscheidung. Und du, Süße, hat es dir die Sprache verschlagen?«

»Ich bin ein wenig schockiert«, gibt Abby zu. »Außerdem erschrocken darüber, wozu Menschen in der Lage sind, wenn es um Geld und Macht geht.«

Wie recht sie doch hat. Am Ende war es jede Anstrengung wert, denn sie und Katie sind für einander bestimmt. Nichts und niemand sollte sie trennen.

Epilog | Abby

Nach ein paar Tagen Ruhe zur Erholung und Verdauung der Ereignisse konnte ich es nicht erwarten, endlich in den wohlverdienten Urlaub zu kommen. Katie wich seit jenem Tag nicht mehr von meiner Seite und überredete mich, mit ihr nach Hawaii zu fliegen. Dort hatten wir sehr viel Zeit zum Entspannen und uns richtig kennenzulernen.

Wie es ausging? Viel besser, als wir erwartet hatten. Nach unserer Rückkehr gab ich ihr einen Schlüssel für meine Villa und bat sie, bei mir einzuziehen. Es flossen zahlreiche Tränen, denn wir glaubten beide nicht daran, einen Menschen zu finden, der uns blind versteht und unser Leben ganz ohne Geld oder materielle Dinge so unendlich bereichert.

Es gab nur eine Sache, die noch offen war; die Verhandlung gegen diesen brutalen Schlägertyp.

»Ms. O'Neal, Sie haben das letzte Wort«, sagt der vorsitzende Richter.

»Ich hoffe, dass die Gerechtigkeit siegt und dieser Mann nie wieder auch nur daran denkt, eine Frau zu misshandeln. Vielen Dank, euer Ehren.«

»Wow, starke Worte«, flüstere ich Katie zu, als sie sich wieder neben mich setzt. Ich durfte sie aus Befangenheitsgründen nicht vertreten, was uns aber schon klar war. Mein Kollege Douglas hat diesen Fall mit Freude übernommen, weil Janes Scheidung vor Gericht sehr schnell abgehandelt war und er noch genügend Zeit hatte. David hielt sich an die Abmachung, vollzog eine saubere Eheauflösung und überließ ihr sogar das gemeinsame Haus. Wohin es ihn verschlagen hat, wissen wir nicht, nur dass er sich von Diane trennte und L.A. verließ.

Übrigens, diese hinterlistige, falsche Schlange bekam letzte Woche in einer eigenen Verhandlung ihre Quittung. Zweieinhalb Jahre auf Bewährung und 120 Arbeitsstunden in einer Einrichtung für misshandelte Frauen sollten ihr zu denken geben. Sie hatte noch verdammt viel Glück, dass sie nicht vorbestraft war, andernfalls hätte sie eine höhere Strafe kassiert. Jetzt ist sie es aber definitiv.

»Bitte erheben Sie sich für den ehrenwerten Richter«, ruft der Gerichtssprecher in den Saal, nachdem die Geschworenen sich kurz beraten haben.

Das Urteil sorgt für lauten Applaus unter den anwesenden Zuschauern: fünf Jahre Gefängnis, 15.000 Dollar Schmerzensgeld für Katie und drei Monate gemeinnützige Arbeit in L.A.

»Der Gerechtigkeit ist genüge getan«, sagt meine Lebenspartnerin erleichtert. Sie fällt mir in die Arme und drückt mir einen Kuss auf die Lippen.

Heute, an diesem wichtigen Tag, sind wir seit genau sechs Monaten zusammen, ganz offiziell. Mike, Donna und auch die anderen Kollegen wissen davon und niemand hat seltsame Fragen gestellt oder sich von uns abgewandt. Ganz im Gegenteil, wir haben viel Zuspruch und Glückwünsche erhalten. Für mich hat sich nichts Grundlegendes verändert. Moment! Vielleicht doch eine Sache: Ich habe einen Menschen an meiner Seite, der mich so akzeptiert, respektiert und liebt, wie ich bin. Letztendlich ist es mir egal, ob ich mich in eine Frau oder einen Mann verliebt habe, solange ich mit diesem Menschen glücklich bin.

Katie

Erleichtert verlassen wir das Gerichtsgebäude. Mit diesem Urteil kann ich leben, auch wenn die Strafe hätte höher ausfallen müssen. Leider konnte man diesem Schwein den Angriff auf Abby nicht nachweisen, weil Diane eisern schwieg. Vermutlich, um nicht noch mehr Ärger zu bekommen, als sie ohnehin schon hatte. Letztendlich wollte meine Liebste nur ein gerechtes Urteil, welches heute auch ausgesprochen wurde.

Diane ist zwar weiter auf freiem Fuß, allerdings hat es sich schnell herumgesprochen, was sie getan hat. Viele der Mädchen wollten ihren Job weitermachen und aus diesem Grund gründete ich vor etwa drei Monaten meine eigene Escort-Agentur. Fast alle, die vorher für Diane gearbeitet haben, sind jetzt bei mir beschäftigt. Ich achte darauf, dass es den Mädchen gut geht, sie sich wohlfühlen und fair bezahlt werden. Jede meiner Kundinnen kennt unsere oberste Regel: Respekt und Anstand. Abby unterstützt mich dabei so gut sie kann. Nebenbei kümmere ich mich um die Fortführung meines Jurastudiums. Abbys Boss hat mir bereits eine Stelle in seiner Kanzlei angeboten, sobald ich den Abschluss in der Tasche habe. Bis es soweit ist, werde ich in Ruhe darüber nachdenken.

Zurzeit habe ich nicht nur einen guten Job, den ich unbedingt wollte, sondern auch eine eigene Firma, die ich gewissenhaft und mit größter Sorgfalt führe.

»Viel Spaß auf der Weihnachtsfeier mit deinen Mädels. Wir sehen uns später, Baby«, verabschiedet mich Abby mit einem gefühlvollen Kuss.

»Den wünsche ich dir und Jane auch. Sag ihr liebe Grüße von mir.« Lächelnd schaue ich dieser wunderschönen und taffen Anwältin nach. Sie ist die erste Frau, in die ich mich wirklich verliebt habe, und meine Definition von Glück und Zufriedenheit.

XOXO Abby & Katie

The End

Die bisherigen Teile der Female Lovestories by Casey Stone

Teil 1: Faith, Hope, Love

Pam ist erfolgreich und führt ein angenehmes Leben. In Sachen Liebe sieht es jedoch anders aus. Nach einer Liebesnacht mit ihrem Freund und ihrer besten Freundin wird ihr klar, was sie wirklich empfindet.

Haley arbeitet als Pams persönliche Assistentin und hegt bereits seit längerem Gefühle für sie. Das Chaos nimmt an einem berüchtigten Montag seinen Lauf. Pam stolpert von einem Fettnäpfchen ins Nächste und Haley steht ihr zur Seite. Doch dann passiert etwas, das alles in Frage stellt ...

Teil 2: Fear, Courage, Truth

Das Leben der Krankenschwester, Amy, ist nach einem Überfall aus den Fugen geraten. Seither kämpft sie mit den Erinnerungen an jene schreckliche Nacht, bis eine namenlose, schwerverletzte Frau im Krankenhaus eintrifft. Amy macht es sich zur Aufgabe, sie zu pflegen und verliebt sich schließlich in sie. Auf dem Weg der Genesung entwickelt sich zwischen den beiden mehr als nur

Freundschaft, bis etwas Unvorhergesehenes passiert und Amy alles zu verlieren droht. Ist sie stark genug und wird damit umgehen können?

Teil 3: Desire, Passion, Limits

Ein harmloser Kuss unter Frauen.

Ein Partyende, das zum Horror wird.

Ein Unfall mit schwerwiegenden Folgen.

Ein feiger Freund auf der Flucht.

All das verändert Summer Lee's Leben an einem Abend. Sie bewahrt die junge Ava vor dem Feuertod und ahnt nicht, dass dies nur das kleinere Übel war.

Was ist Ava widerfahren? Wird Summer in der Lage sein, sie zu retten?

Teil 4: Speed, Lies, Recognition

Ex-Rennfahrerin Dina Ridge liebt die Geschwindigkeit, jedoch wird ihr Privatleben ausschließlich von rasanter Langeweile bestimmt. Frustriert und hoffnungslos spielt sie sogar mit Selbstmordgedanken. Dabei wünscht sie sich nichts sehnlicher, als ihre Leidenschaft leben zu können. Ihr bester Freund Nick hat Mühe, sie bei Laune zu halten und wiederaufzubauen, bis Dinas Glück auf einer Party wieder Fahrt aufnimmt – dank einer auf den ersten Blick unscheinbaren Frau, die alles gehörig durcheinanderwirbelt. Doch was hat die mysteriöse Unbekannte zu verbergen und ist Dinas Kampf um Anerkennung zum Scheitern verurteilt?

Rasante Action, witzige Sprüche, emotionale Wendungen und heiße Szenen zu einem Randthema unserer Gesellschaft. Speed, Lies, Recognition ...

Über den Autor:

Casey Stone wurde 1980 in der ehemaligen DDR geboren. Als einer der wenigen Männer im Selfpublishing-Bereich schreibt er in den Genres Romance, Lesbian-Romance und Romantasy. Casey ist Autor aus Leidenschaft.

Neben zahlreichen Liebesgeschichten gibt es auch einen sehr humorvollen Reisebericht zu seinem ersten USA Besuch im Jahr 2015. Weitere Reiseberichte schließt er nicht aus.